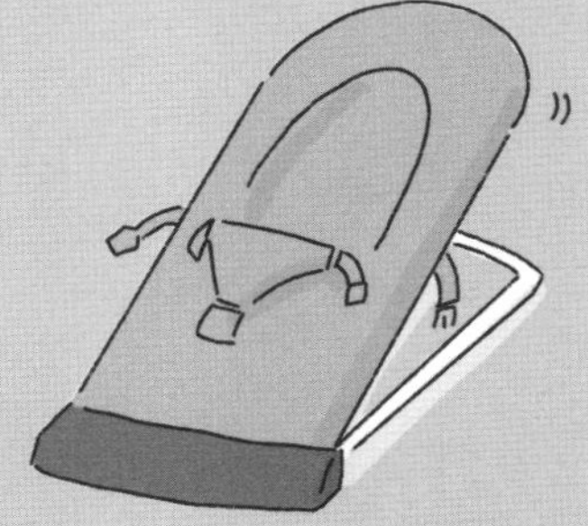

철은 없지만 아이는 있습니다

아이와 함께 자라는 아빠의 실전 육아일기

김병관

띠움

작가의 말

원화 채굴을 위해 회사에 다니는 평범한 직장인 아빠.

아직 철도 들지 않고, 나 하나 건사하기 힘든데
정신을 차려보니 남편이, 그리고 아빠가 되어 있었다.
소이가 말을 하기 시작하면서 지나가버리는 순간이 아쉬워
그리기 시작한 짧은 만화가 한 권의 책이 되다니 믿기지 않는다.

부디 이 짧은 육아의 기록들을 보며,
나와 같은 평범한 엄마 아빠들이 소소히 웃고 지나갈 수 있길
바란다.

차례

02 아이가 있는 집

03 아빠의 육아

04 너의 한마디

05 둘보다는 셋

06 에필로그

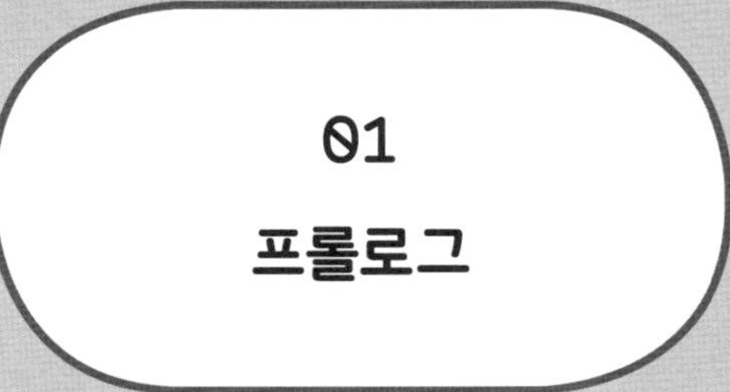
01
프롤로그

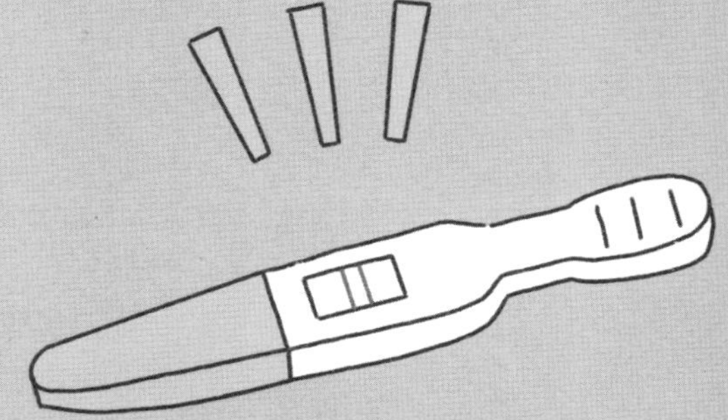

어느 날 갑자기

오빠 -
오빠! 좀 일어나봐
으응?
흔들
흔들
아무래도 검사를 좀 해봐야겠어. 임테기 하나 사다줄래?
아.. 나..
술도 안 깼는데,
다녀와라
. . .
지난 번에도 이래놓고 아니였었는데..
아니기만 해봐라
약국은 왜 이렇게 멀어!
투덜
투덜
아빠 양성판정
뭐어?!
정말?

손만 잡고 잔것 같은데?

태담태교

*동동아~
아빠야~~
들리지?
*태명
아빠는 우리 동동이 얼른 보고 싶어
우리 건강하게 만나자?
....
왜 그래?
ㅋㅋㅋ
아니.. 조금 부끄러워서..

듣고 있는거 맞겠지?

첫 인사

동동이가 태어나면 해주고 싶은 말이 있어
뭔데?
동동이를 안고 이렇게 말할거야
세상에 온걸 환영해!
멋있지?
출산 당일
아버님~ 아기 안아보세요~
아..네..
응애~ 응애~
으흐아아악 으아아아
ㄱㄱㄱ ㄱㄱㄱ ㄱㄱㄱ
응애~ 응애~~

이제 시작!

아빠의 일기장 1 

호르몬 전쟁

이탈리아 여행을 하던 중이었다.

물갈이로 고생하며 잠시 화장실에 다녀온 사이, 아내의 기분이 안 좋아져 있었다.

무슨 일인지 물어보며 이리저리 달래 보아도 아내는 그저 심통을 낼 뿐이었다.

'내가 잘못한 건 자연스러운 생리현상 때문에 카페에서 먹지도 않을 음료를 시키고 2유로를 내고 화장실을 다녀온 것뿐인데 내가 뭘 잘못한 거지? 이게 그렇게 화낼 일인가?'

답답한 마음에 나도 같이 화를 내며 그날의 여행은 오후 내내 숙소에서 말없이 시간을 보냈다. 시간이 흐른 뒤 산책을 하며 아내는 입을 열었다.

"오빠가 화장실에 가고 나 혼자 거리에 앉아 있는데… 갑자기 너무 외롭고 나는 여기서 뭐하고 있는 거지? 하는 생각이 들었어. 그러더니 갑자기 기분이 너무 우울해지더라."

이게 대체 무슨 의식의 흐름인가 싶을 이야기였다. 물론 화장실에 다녀온 시간이 생각보다 오래 걸렸지만 그렇다고 그 사이에 세상 혼자인 것 같은 외로움을 느꼈다니. 하지만 나는 프로 남편이므로 아무렇지 않게 대처했다.

“그래… 오빠가 잘못했네.”

한국으로 돌아온 다음 날 아침, 아내는 숙취로 고통스러워하는 나를 깨워 임신테스트기를 사 오게 했다. 몇 개월 전에도 비슷한 해프닝이 있었던지라 투덜거리며 임신테스트기를 사 왔고, 아내는 화장실에서 두 줄이 그려진 임신테스트기를 가지고 나왔다.

그렇게 우리는 결혼 1년 만에 아빠와 엄마가 될 준비를 시작했다.

02
아이가 있는 집

태교

여보? 오빈 연예인 사진을 봐?
예쁜걸 많이 봐야 예쁘게 태어난대
태교 좋이지
ㅋㅋ 그게 뭐야
출산 이후
우와.. 저렇게 쪼그만데도 나랑 많이 닮았네
연예인 사진 많이 봐도 소용 없네~ 그렇지? ㅋㅋ
.. 그게 아니라 내가 간과한 게 있었네...
어차피 제일 많이 보는 얼굴은 여보 얼굴이란 거..
...

그래도 사랑하시죠?

퍼스널 트레이너

오늘 밤도
나는 스쿼트를 한다
후욱-
후욱-
운동을 좋아하냐고?
천만에..
응애~~
응애애~
우뚝
후욱-
...
♪
후우욱
제발...
잠 좀 자주라
흐으윽

아빠의 퍼스널 트레이너

수면교육

이대로는 안되겠어 우리도 수면교육 하자
쿵
할 수 있을까..
힘들다던데..
마음 굳게 먹어! 지금 들어가면 안돼!
응애ㄴ
응애애ㄴ
5분 후
. . .
. . .
으아아앙
콜록콜록!
아빠가 미안해 소이야ㄴ!
엉엉
으아앙

괜히 애먼 애만 울림

한밤의 강제 산책

밤이 되면 어두운 골목길에
털털털

유모차를 끄는 남자가 나타난다
잘자라..
우리 아기…

퀭한 얼굴의 그 사내는
앞 뜰과
뒷동산에 –

오늘도 늦은 밤 거리를
헤매인다
새들도 아가양도
다~들 자는데

제발 잠 좀 자주라

아빠지만 게임은 하고 싶어

소이가 태어나기 전엔
게임도 곧잘 했는데
ㅋㅋㅋ
소이 낳고 나서는
게임을 통 못해보네…
ㅠ-ㅠ
그렇게 게임이 하고 싶었어?
응.. 이거 완전 편한데?

소이 일어나면 게임 오버

아내가 바라는 것

여보- 나 왔어
밥도 못 먹었지?
응애
응애
내가 얼른
밥 해줄게!
치이익-
.. 오빠
뭐하는데 이렇게
오래 걸려?
1시간 후
응애애
응애-
된장찌개랑
계란말이랑.. 또
...
밥 대충 먹어도 되니까
소이나 좀 봐달라고!!
으아앙

밥은 시켜먹는게 더 맛있다구!

층간 소음 1

쿵쿵쿵!
아‥아래층 분이시죠? 안녕하세요‥
애가 쿵쿵 뛰어서 시끄러워서 왔어요! 조용히 좀 시켜요
네? 애도 아직 못 걷고 매트도 아예 다 깔았는데‥
...
뭐‥아무튼 조용히 해주세요
애 키워서 죄송합니다

층간 소음 2

띵동♪
저기 옆집인데 애 울음소리가 들려서요-
아.. 네
소이 울음소리가 시끄러워서 오셨구나
아기가 자주 울어서 불편하실텐데 죄송합니다..
네? 아유- 무슨 말씀이세요
아기울음소리 듣고 너무 반가워서 선물 하나 사왔어요~
아기 키우는 집인데 당연히 소리나죠
갬
동
감사합니다

그녀의 향기

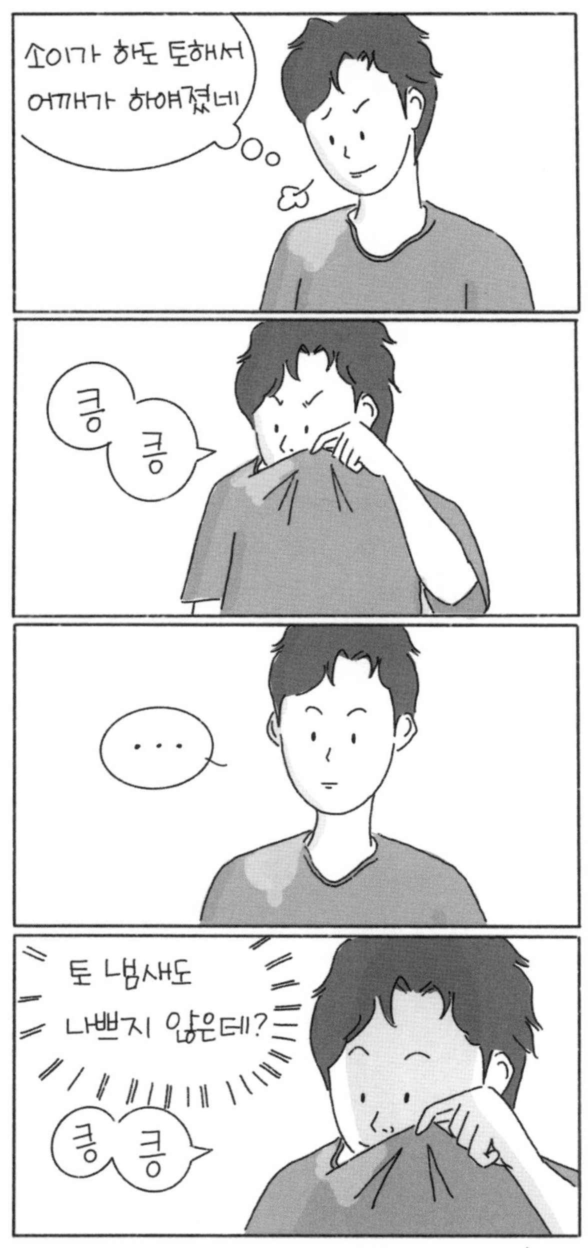

소이가 하도 토해서
어깨가 하얘졌네
킁 킁
...
토 냄새도
나쁘지 않은데?
킁 킁

아빠가 되어간다

아빠 이유식

소고기, 계란, 야채 등..
다양하고 신선한 재료를 써서
이유식을 만든다
자~ 아해보자~
아~~
으으으응-!!
으응!
휙
이게 얼마짜린데..
나도 못먹는
한우를..
오빠-!
이것도 먹어-
포동
포동-
?

성장기 아빠에게 좋은 이유식

바운서

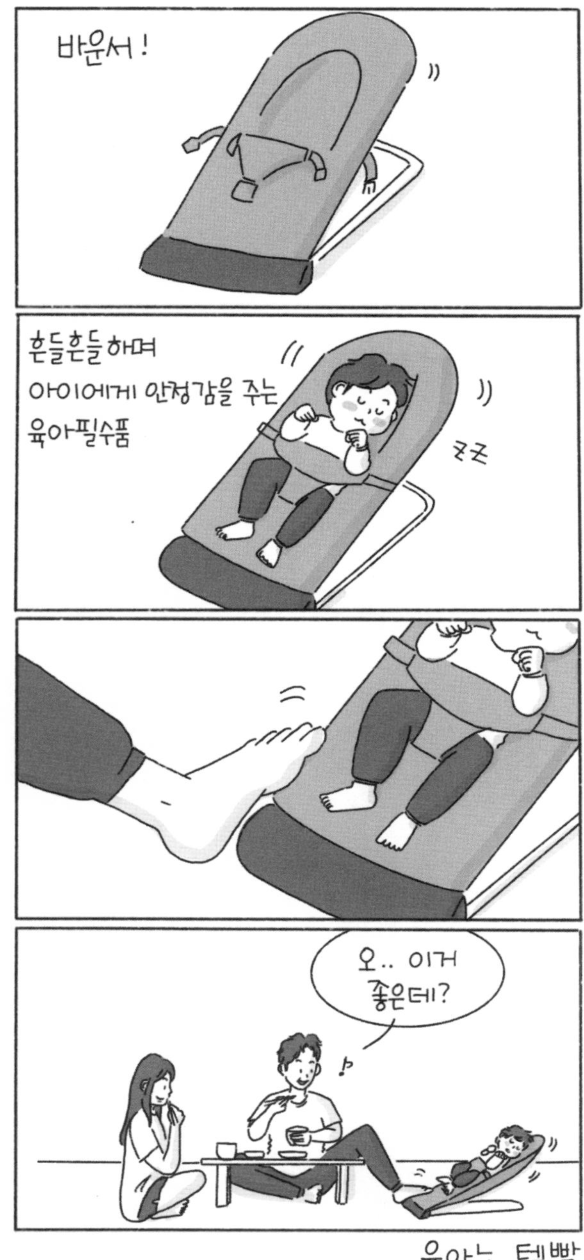

바운서!
흔들흔들 하며
아이에게 안정감을 주는
육아필수품
오.. 이거
좋은데?
육아는 템빨

첫 신발

소이가 걷기 시작해서 신발 하나 사왔어
오ㅡ
귀엽지!?
짜자
잔
자ㅡ 소이야 이제 한번 걸어봐
. . . ?
ㄱㄱㄱㄱㄱ
ㅋㅋㅋ 걸어봐 소이야
우아아앙 —
ㄱㄱㄱㄱㄱㄱㄱ
어색한가봐 ㅋㅋㅋ
당
황

처음엔 다 그래

배변훈련

소이야~ 이제
쉬하고 싶으면
여기에 하는거야
우와아~
소이 정말 잘한다!
끄응
예쁜 바나나 모양
응가네~ 정말
대단하다~
....
쟤는 똥만 싸도
칭찬 받는구나

나도 변비 없는데..

운동의 목적

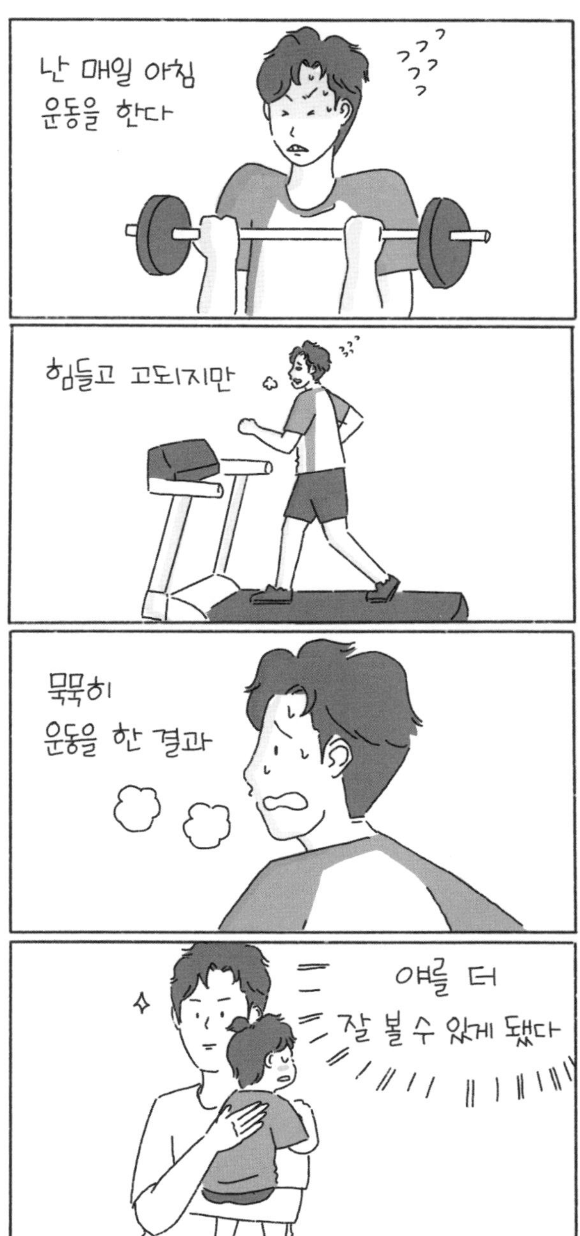
난 매일 아침
운동을 한다
힘들고 고되지만
묵묵히
운동을 한 결과
애를 더
잘 볼 수 있게 됐다
살기 위해 운동한다

출산장려

결혼하고 애 낳으니까
완전 신세계야
이런게 행복이구나 싶어
. . .
결혼한 지
얼마 안돼서
애들
예쁘긴 하지
어서 와라
육아의 세계로
나만 힘들 수
없지

행복하다 했지 안힘들다곤 안했다

동물원에서

소이와 단둘이 동물원
우와- 소이야! 하마야
우리 저기에서 쉬었다 가자
아이고 힘들다
어머- 아빠랑 아가랑 왔나보네?
넌 잃어버려도 아빠 바로 찾겠다 똑 닮았네
?
그러게 호호호

바이오 인증

수영복

우와~ 소이야!
미양이모가 선물한
수영복이야~
맞는지 한번
입어보자
ㅎㅎㅎ 아유~
귀엽다아!
♪
?! 소이
어디 가?
..물놀이!?

떡 본 김에 제사 지낸다

계란 후라이도 사랑이야

아이가 있는 집은 모든 것이 아이 위주로 돌아간다.

30년이 넘도록 오로지 나 하나만을 건사하기 위해 살아왔던 지난날을 뒤로하고 이제부터는 가능한 모든 시간을 아이를 위해 사용한다. 아이가 삶에 적응하는 과정은 너무도 험난하다.

먹고, 자고, 싸고, 씻는 그 모든 과정을 엄마와 아빠의 이름으로 돌본다.

그래도 나는 회사에 가 있는 시간만큼은 이전과 같은 삶을 살 수 있었지만, 아내의 경우는 달랐다. 소이가 눈을 떠서 눈을 감는 그 모든 시간을 함께하며 꽃이 피는지 지는지, 날이 더워지는지 추워지는지 알아챌 시간도 없이 오로지 육아에 모든 것을 쏟아부을 수밖에 없었다.

어느 날 소이가 깰까 허겁지겁 밥을 먹고 제대로 쉬지도 못하는 아내를 위해 맛있는 저녁을 준비해주기로 했다. 이런 저런 솜씨를 부리며 퇴근하자마자 옷도 갈아입지 않고 부지런히 준비하는데 아내가 몇 차례 왔다 갔다 하며 못마땅한 표정을 짓는다.

'아니, 대체 왜 그러는 거지? 기껏 맛있는 밥 해주려고 나도 노력하고 있는데?'

'육아에 고생하는 아내를 위해 저녁도 준비하는데 나 정도면 잘하는 거 아닌가?'

계속해서 저녁 준비를 하는 사이 참다못한 아내가 다가와 울먹이듯 이야기한다.

"밥은 됐고 나 너무 힘드니까 소이나 좀 봐달라고!!"

아… 그렇구나. 아내가 바란 건 그게 아니었구나. 밥을 못 먹는 게 힘든 게 아니고 밥도 못 먹을 만큼 애를 보는 게 힘들었구나. 밥 같은 거야 대충 시켜 먹어도 될 것을, 아내를 위한 게 아니라 아내를 챙겨주는 자상한 남편이 되기 위해 저녁을 차리고 있었던 거였구나.

내가 식사 준비를 할 때면 아직도 그날이 떠오른다.

밥 같은 건 대충, 계란말이가 아니라 계란후라이였어도 좋았을 것을.

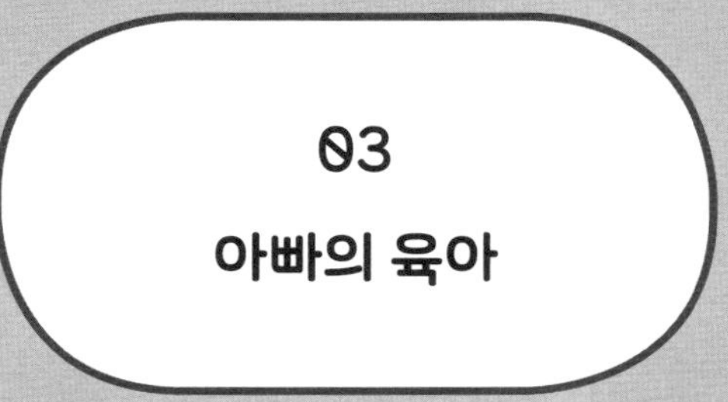

03

아빠의 육아

회식

회식 날
2차 가야지!
RRRR
오빠! 소이가 막 소리내서 깔깔 웃는데! 이거 볼래?
이렇게 크게 웃는거 처음이야!
정말?
우르르르 ~~
꺄하하핫!!
으아아 ~
귀여워어 ~♡
김대리!
얼른 와 ~!
2차 가야지!!
네 ~!
여보.. 미안한데 이따 전화할게-

함께 하지 못해서 아쉽고 미안해

집에 가세요

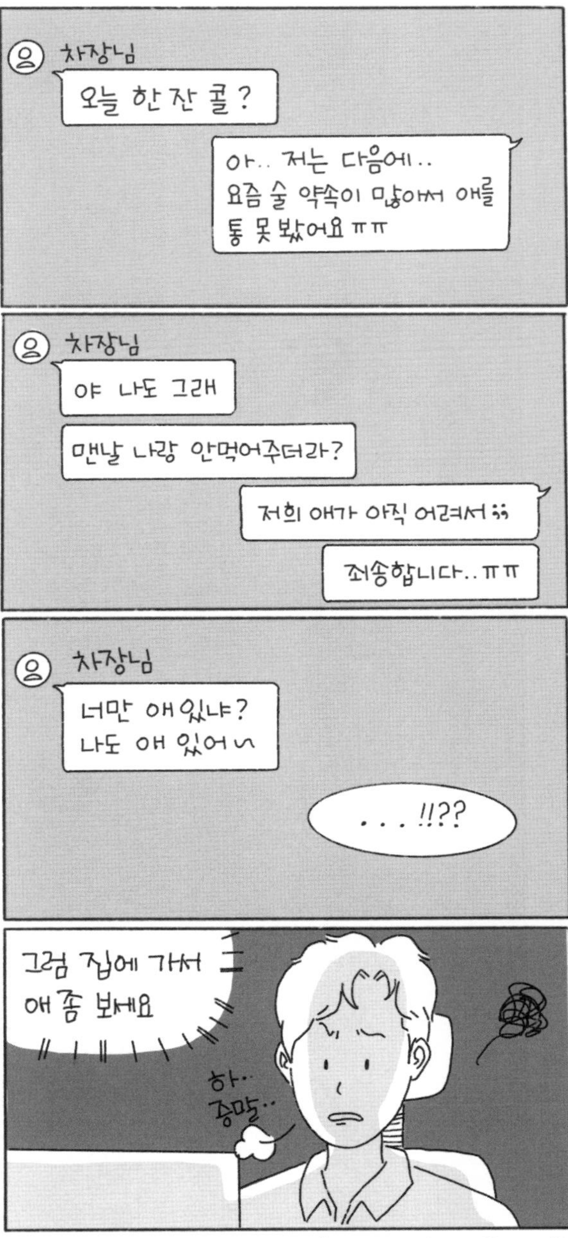

차장님
오늘 한 잔 콜?
아.. 저는 다음에..
요즘 술 약속이 많아서 애를
통 못 봤어요 ㅠㅠ
차장님
야 나도 그래
맨날 나랑 안먹어주더라?
저희 애가 아직 어려서;;
죄송합니다..ㅠㅠ
차장님
너만 애있냐?
나도 애 있어ㄴㄴ
...!!??
그럼 집에 가서
애 좀 보세요
하..
증말..

집에 가면 안되나요

업계 표준어

김대리- 혹시 부장님 어디 계신지 알아?
화장실에서 지금 치카치카 하시던데요?
아, 그래?
아차.. 소이한테 하던대로 말했네;
너무 자연스럽게 이해했다..!
애 아빠

그들이 사는 세상

어느 맑은 날

아빠 —
아빠아 —
응?
소이는~
아빠가 구름만큼
좋아~
찌-잉
소.. 소이야
...
오늘..
구름 하나도 없어
아빠 좋아~
구름만큼 좋아해

실체가 없는 사랑

말랑말랑

아빠?
뭐하는 거야?
운동하는 거야
그래야 건강해지지
이거 봐라~
아빠 몸은 단단해~
만져볼래?
헤헤
주물
주물
아빠 여기는
왜 말랑말랑해?
. . .

너.. 알면서 그러는 거지?

양치 필리버스터

소이야~ 이제 양치하자~
아~ 해요!
아빠!! 소이가 할말이 있어!!
응? 뭔데?
들어봐
그게.. 있잖아아~ 오늘 소이랑 하윤이랑 놀았는데 근데 그래서어.. 미미가 인형인데 그런데
횡설 수설
그래서 소이가 안돼! 하고 알려주고 놀았는데 뽀로로랑 크롱은 치카도 안하고 있는거야 또…
‥그만
아― 해요!!
양치하면 자러가야 한단 말이야

렉인가?

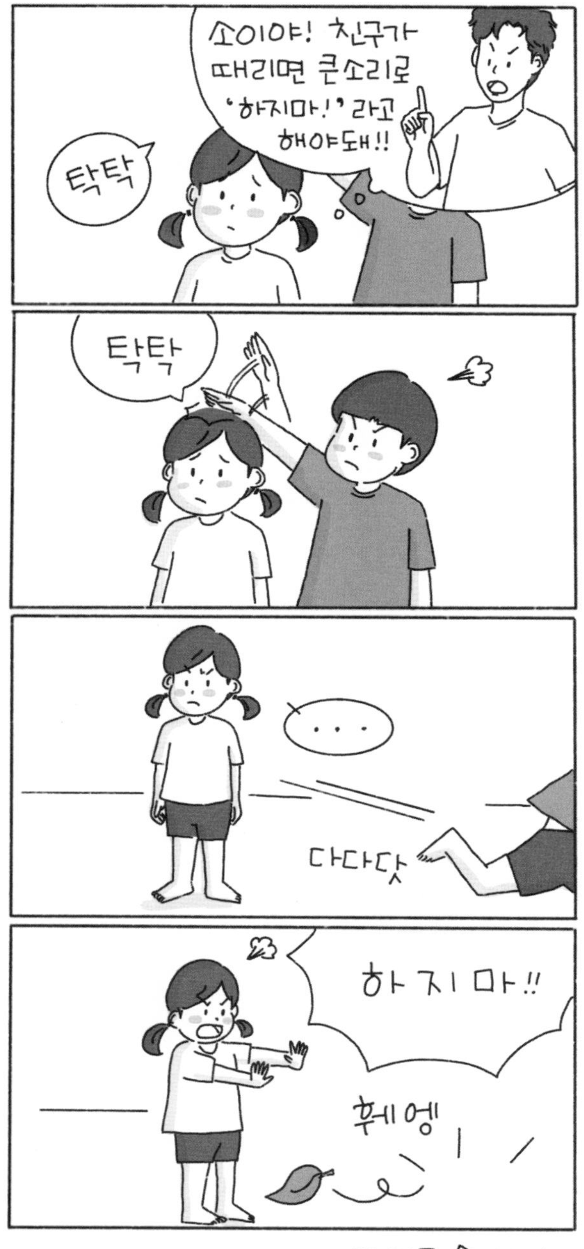

소이야! 친구가 때리면 큰소리로 '하지마!'라고 해야돼!!
탁탁
탁탁
...
다다닷
하지마!!
훼엥

아이고 속터져..

아빠의 주말

아..
쪼옥
아.. 아아
앗 아파!
소이야!!
아빠 ㅋㅋㅋ
웃기다ㄴ
주말이..
힘들다..
꺄하하핫!!
출근하고 싶다..

회사가 그리울 줄 몰랐어

아빠의 출근

.. 아빠..
어디 가는 거야?
으응.. 아빠는
회사 가야지-
!!
안돼애! 가지마!
소이랑 있어~
가지마아~!
싫어!
와락
근데 아빠가 회사 가서
일 해야 장난감이랑
짜장면 사줄 수 있는거야
...?
뭐 하는 거야?
....
하이파이브!

그렇다면 어쩔 수 없지

아빠 호출

물놀이 하고 있어-
아빠는 밥 먹고 있을게~
응!!
아빠!
아빠
아빠! 이것 봐
아빠아~
아! 빠!
...
아빠 거기서 뭐하는 거야?
응.. 밥 먹는 거야

아빠는 현장 근무 중

산책 1

소이야-
밥 먹고 아빠랑
산책 갈까?
엄마는 쉬라고
하자~
진짜?
좋아!
상상 속 산책
#선선한 가을 바람
#오붓한 산책
현실
헉헉..
내가..
어리석었구나
허억

육아에 쉬운 일은 없지

산책 2

소이야
우리 저기에서
쉬었다 갈까?
헉헉
아빠!
우리 노래부를까?
무슨
노래?
다리야~
수고했다♪
토닥
토닥
어깨 팔도
수고했다~
아빠도 해봐
다리야~
수고했다~♪
이렇게?
응!
잘했어 아빠

힘들어도 기분 좋은 산책

아빠! 소이가 우산 쓰고 가고 있는데
비야 비야 오지마
다른날 다시 오렴
ㅎㅎ

바람이 엄청 세게 불어서 날아갈 뻔 했어
어어?!
소이야!
휙~

엄마~
소이가 높이높이 올라가면 엄마가 엄청 오래 기다려야 하잖아
소이야!

큰일날뻔 했지? 아빠?!
그러네~ 큰일날 뻔 했네 ㅋㅋ
김대리~ 이리 와볼래?

힘이 나는 너와의 대화

아빠 집

저녁시간
아빠! 여기는 누구 집이야?
여기는 아빠랑 소이랑 엄마가 사는 우리 집이지?
자 아-해
아니야- 여기는 내 집이야 소이가 살잖아
아빠도 같이 살잖아?
오물 오물
... 아빠는 회사!!
...
그거 아빠 꺼 아니야..

사실 우리 집은 은행꺼야..

좋아

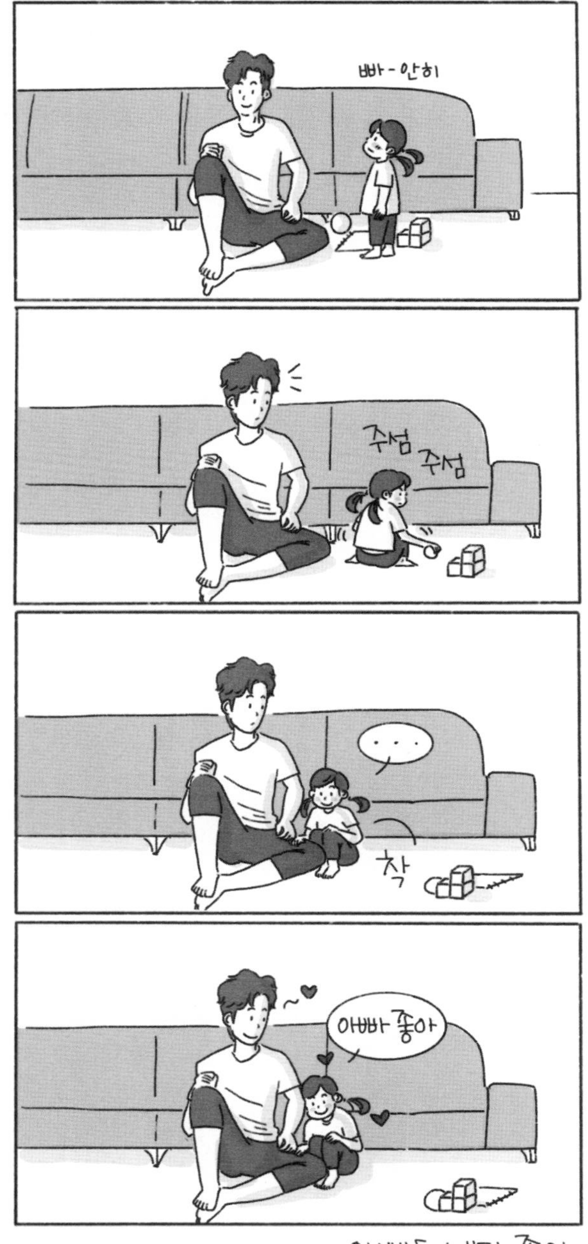
빠-안히
주섬 주섬
· · ·
착
아빠 좋아

아빠도 너가 좋아

주말

소이 내일은 어린이집 안가네?
정말?
그러엄~ 그리고 더 좋은 건..
내일은 아빠도 회사 안 간다~!!
아빠랑 놀자!
..정말?
야..야호!!
으..으악!!

다녀왔습니다~
응?
아빠!
아빠아!
이것 보세요-
소이랑~ 엄마랑
같이 만든거에요
짜
잔
ㅎㅎㅎ
그렇구나~
머뭇
머뭇
...
?
!!!
우.. 우와아아
진짜 예쁘다
멋지다~!!

리액션이 부족했구나?

육아는 리액션

아빠!
소이 고양이 소리 진짜 잘 내는데!
소이가 고양이 소리내면 아빠가 놀랄거야
그치?
그럼~
야아~옹
야옹~~
우리집에 고양이 들어왔나봐!
호들갑
호들갑
어딨지?!
휙

리액션이 늘어간다..

협상

소이야 ~
이제 물놀이 그만 ~
시계 긴바늘이 9자에 가면 나오는 거야
흠..
아니야!! 소이가 말하는 때 나올래!
그럼 언제?
아빠ㅡ 가까이 와봐
이때 나올래 알았지?
...?

하.. 그래 어쩔 수 없지..

섭섭해

자아~
로션 다 발랐다!
이제 옷 입자
소이가 혼자 입을거야!!
진짜-?
그럼 혼자 입어봐
...
?
아빤 나가있어!
얼른!
!!

많이 큰게 느껴져서 섭섭한 순간

근무시간

딸칵
으음..
아이씨..
누가..
아이씨?!
이게 미쳐가지고
얼른
안일어나?
헉
-빠! 아빠!!
얼른 일어나!!
아빠아~
일어나아
...
나랑 놀자!
딸칵
딸칵

아..?! 근무시간이구나..

지금은 아니야

아빠!
아빠~!
왜 그래? 무슨 일 있어?
재잘 재잘
아빠! 키티는 소이 아가야!
소이는 키티 엄마고 아빠는 할아버지야
아~ 그렇구나~ 근데 아빠 지금
우리는~ 이제 소풍가서 김밥이랑 간식 먹고
소이야
쫑알 쫑알
아빠.. 볼일 좀 보자...
제발..
근데- 키티가 오늘
...

혼자 있게 해줘...

그리운 마음

아빠! 언제 회사 안가는 날이야?
응?
음.. 이번 주는 이제 세밤 자면 회사 안가지?
아빠, 아빠가 엄마한테 가면 소이도 같이 가는거야
계 - 속 붙어 있을거야!
?
근데..
아빠가 회사가면 소이는 참는거야..
....
꼬옥

너도 노력하고 있구나..

아빠는 집 지켜

와아-
소이 잘한다~
우리 딸
잘한다~
. . .
옳지!
그렇게!
꺄-
?
우리 아빠는..
우리 아빠는
회사에 갔어
우리 집을
지키고 있어-
?

부러워서 그러는 거 아니야!!

소이야
노래 틀어줄게
좋아!
물놀이하면서
들어!
모두 제자리~ 모두 제자리~ 모두모두 제자리!
...
모두 제자리~ 모두모두 제자리~
모두 제자리~
!!!
주섬 주섬
... 아빠!
이건 정리할 때
나오는 노래잖아!!
더
놀고
싶은데!

칫.. 눈치챘군..

재워줄게

오늘은 아빠가 소이 재워줄게!
좋아!
으아…
졸리다아..
— 빠!
아빠~!!
아빠!
아! 빠!!!
어..
으응?
잠들면 어떡해!
나 재워준다며!!
졸려도 참아야지
아..
미안해

너보다 늦게 잠들기가 너무 어려워

돌보고 있어

으음.. 이불을 덮어주네
소이 엄마인가?
스윽
어..?
소..소이?!
소이야
일어났어?
아빠 이불
덮어준거야?
응~
아빠~♡
오늘 회사
안가는 날이야?!

아빠만 널 돌봐주는 줄 알았는데

공놀이

자, 봤지?
방금 아빠가 한것처럼 공을 발로 차는 거야!
간다?
자~! 소이야! 공을 차!!
?
지금이야!
데구르르-
번개~애 파!워!
합!
..아니..
발로 차라니까..?
진지

어휴.. 속 터져

늦은 일요일 밤
엄마! 아까 그거 있잖아ㅡ
슈퍼잭이 레오박사를 이렇게ㅡ
재잘 재잘
소이야 - 아빠는 내일 회사가려면 지금 자야해ㅡ
아빠도 주말에 쉬다가 아침 일찍 일어
아빠!!
어떻게 하면 되는 지 소이가 알려줄까?
어떻게?
자기전에 회사 가!!
...
얼른 자라

퇴근 전에 출근 해

아빠의 어깨

선생님‥ 저 요즘 이상해요‥
뭐가 이상한가요?
집에 오면 계속 몸이 무겁고 열이 나는 건지 너무 더워요 -
넘 힘들어요
그렇군요‥ 이거 심각한데‥
다행히 제가 치료법을 알아요!
소이야~! 엄마한테 와!
엄마랑 놀자
어서 가‥

아빠의 어깨가 무거운 이유

소이야~
어서 옷 입어야
친구들 만나러 가지
헤헤
자꾸 이러면
친구들 만나러
안갈거야?!
집에 계속
있어!
뭐..뭐라구?
툭
이제 와서 그러면
어떡해..
나
자유시간
준다며..
나갈거지?

아빠에게 더 효과적인 위협

전화통화

여보세요-
여보?
아빠!
소이야♡
어린이집 잘 다녀왔어?
네에-
아빠 어디야?
아빠는 퇴근해서 집에 가는 중이야
빵빵-
그렇구나 조심히 빨리 오세요ㄴ
그래ㅋㅋ 안녕ㄴ
빠앙-
응-
뚝!
…!!
내가 소이랑 전화통화를 하다니!
소이가 받고 끊는 대화가 된다고?!

네가 자라는걸 느끼는 순간

아빠도 부끄러워 1

아빠~!
나 쉬마려!
그래?
얼른 화장실 가!
...
아빠
뒷처리를 위해
기다리는 중
아빠는
나가 있어
응? 왜?
나..
부끄러워서 그래..
!!

우리 딸 다 컸네...

아빠도 부끄러워 2

소이가 이제
그럴 나이가 됐구나
조심해야겠다··
딸인데··
아빠!
아빠아~
응?!
이거 뭐게?
오늘 어린이집에서
배운건데~
공을 넣고 소금을
넣으면 공이 물
위로 뜨는 건데
소이야··
신기하지?
··· 아빠도
부끄러워···
이거 이따가
소이랑 해볼래?
제발··

내로남불 너무 하네··?

이동식 식사

아빠! 이거 봐
칭찬스티커
우물
우물
이제 스티커
열개만 더 모으면 돼
우와~ 그렇네
대단한데?!
이제 어서
밥 먹어~
응..
후다닥
아! 아빠
잠깐만-
제발 좀
한 자리에서
먹어-

엉덩이가 들썩들썩

출근도장

아빠는 회사
다녀올게-
아이고..
피곤해라..
아빠..
응.. 아빠
다녀올게-
회사가는 거야?
얼른 다시자
뽀뽀 해주고
가야지이..

출근도장 찍어야지

아빠가 아픈 날

아빠, 아빠!
우리 해적놀이 할까?
재잘 재잘
그래애··
아빠 다 나으면
같이 하자··
응! 좋아ㅡ
근데 아빠 많이 아파?
소이랑 똑같이 아픈거야?
소이야ー
아빠 좀 쉬게
이리 올라와ㅡ
아! 잠깐만!!
뭐 좀 가지러 갈게!
콱
억!!
아파도··
쉴 곳이 없다
우와! 아빠!
이리로 와볼래?

출근하고 싶다...

토닥토닥

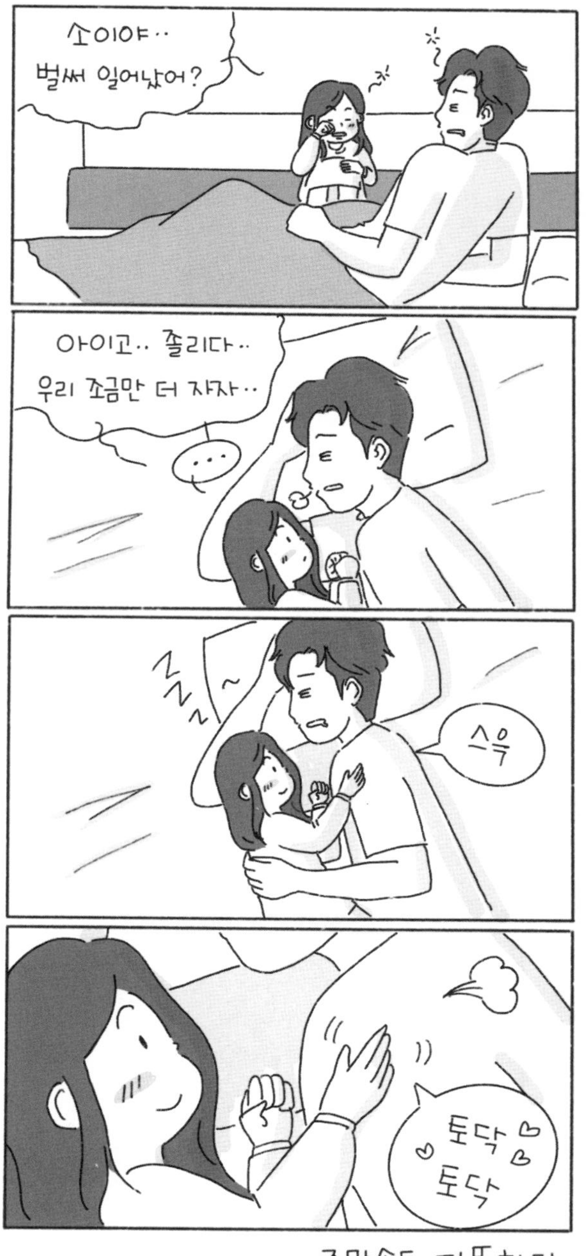

소이야‥
벌써 일어났어?
아이고‥ 졸리다‥
우리 조금만 더 자자‥
…
스읍
토닥
토닥

조막손도 따뜻하다

배려는 어려워 1

아이고 피곤해 나 이제 진짜 나이 들긴 했나봐
왜?
드라마 보면 아빠는 소파에만 누워있잖아
안 그랬는데 엄청 졸리네?
아빠 졸려?
자아- 내 손 잡아
이리 와 봐-
?
들어가서 쉬어 알겠지?
왈칵
너무 감동이잖아 -

배려는 어려워 2

소이야- 소이방 장난감 정리해
힝.. 알았어…
…아빠 뭐해?
응? 아빠 좀 자려구~
소이가 쉬라며?
..나는은 힘들게 방 치우고 있어..
어제 우리 같이 놀았잖아…
혼자 치우기 힘드네..
…

아니이.. 도와달라는 건 아니고오~

엄마 예쁘다~
정말?
응~ 눈도 예쁘고 코도 예쁘고-
어? 소이도 그런데~
크크 아빠는?
소이야~ 아빠는??
아유~♡ 엄마 닮아서 이렇게 예쁘구나?!
헤헤
꽁냥 꽁냥
저기.. 얘들아..?
엄마- 사랑해♡
엄마도 소이 사랑해!
...
...

이래서 아빠들이 강아지 키우나보다..

일어나

아빠-
일어나ㅇ
잠이 안와
으.. 소이야..
우리 조금만 더 자자..
지금 6시 반이야..
...
쿠-울
풀썩
똑딱 똑딱 똑딱
뻐꾹-! 뻐꾹-!
뎅ㅇ 뎅ㅇ
어? 아빠ㅇ!
벌써 일어날 시간인가봐?
언제 시간이
이렇게 됐지?
그래.. 아빠
일어날게...

시계 성대모사 마스터

이른 아침 인기척이 느껴지면

이른 아침 출근 준비
아이고
피곤타..
이.. 느낌은!
...
Loading..
쓰윽
⚠ 기상완료
아빠!!
오늘 회사 안 가는
날이야?

여보 일어나

콩닥콩닥

큰 일 났어요~ 마음이 콩닥콩닥 병이 생겼어요
친구에게 알사탕을 받던 날부터 내 마음이 콩닥콩닥
* 동요 〈콩닥콩닥 두근두근〉
와~ 소이 잘부른다!
소이도 유치원에 마음이 콩닥콩닥 뛰는 친구가 있어?
으음..
샤샥
유치원 남자친구
사위
알사탕 줄까?
좋아!
따님을 주십시오!
아.. 안돼!
없어!!
헉헉.. 다행이다
휴우-

아빠는 아직 준비 안됐다

사랑은 질척질척

아빠!
우리 초코과자
이렇게 먹자♡
소이야 근데 이거
아무 친구하고나 막
하면 안된다?
흠흠
알겠지?
응?!!
아빠가
얘기하잖아-
응?!
김소이!
대답해야지!!
그만해
오빠..

사랑은 질척질척

과몰입

아빠 우리 로봇놀이 하자~
좋아!!
아빤 이거해
카드~ 액션!!
공격!!
착
어딜 보시는 거죠? 그건 제 잔상입니다만?
!!
휘이익
호오.. 전투력이 올라가는군요?
몰입
여보.. 좀 평범히 놀아줄 순 없어?

육아하는 중입니다만 무슨 문제라도..?

네고시에이터

이제 샤워하자 -
씻고 책 읽어줄게
... 책 읽고
씻을래ㄴ
지금 샤워하면
책 두권 !!
.. 세권
두권은
너무 적소
.. 좋아
극적타결
헤헷

협상의 달인

아빠의 흔적

고향에 왔다
엇.. 이게 아직도 있네?
이거 아빠가 소이만 할 때 그린거야ー
여섯살 때?
응ㅇ
고향에서 이렇게 추억을 공유할 수 있구나.. 좋다..
아빠! 근데에..
왜 남의 집 벽에다 그림 그렸어?
여기 할머니집 아니잖아?
죄송합니다..

아빠가 왜 거기서 나와

오후 반차내고 오니 소이 하원도 시키네
소이야~
아빠아!!
..근데 아빠는 맨날 바빠서 늦는데..?
오늘은 어떻게 이렇게 빨리왔어?
?
으음.. 우리 소이 보고 싶어서 일찍 왔지-
이쁜 소이 보고 싶어서?

매일 네가 보고 싶어

위기

문이 열립니다
아빠··
나 쉬마려···
!!
조금만 참아
소이야?
응···
아빠아··
보름달은 아니지만
우리 소원 빌까?
응?
뭐라구?
엘리베이터
얼른 문 열리라고··
입술 꽈악

아빠도 기도하고 싶어진다

부글부글

자- 이제
부글부글~ 퉤! 하자
부글
부글
에헤이~
그냥 퉤! 해-
쭈우우욱-
예나..
선정이
딸이에요..
...
주르르륵
부글
부글
아오!!
승질나!!
캬하학ㅋㅋ
콜록콜록

아빠 속도 부글부글

비밀

아빠 다리 길어! 그치이~?
ㅋㅋ 그러엄~ 길지! 근데 다른 사람들에겐 비밀이야~
*짧음
ㅋㅋㅋ
비밀?
...
?
스으읏
블라인드
흐으읍-
쑤욱
우리아빠!! 다리는!
엄~~청 길어요!!
임금님 귀는! 당나귀 귀!!

비밀.. 그 참을 수 없는 가벼움

아빠의 주름

아이고.. 주름 보소.. 언제 이렇게 늘었지?
ㅋㅋ 관리잘해 나중에도 소이한테 이쁨 받으려면~
거울
잠시 후
아빠~ 아까 아빠랑 엄마랑 얘기하는 거 들었는데~
응? 무슨 말?
아빠가~ 주름 더 많아져도
소이는 아빠 안 싫어할거야!
걱정하지마!
알겠지? 아빠?!
ㅎㅎ

말이라도 고맙다♡

주말 아침

소이야..
티비 좀 보고있을래?
싫어!
아빠랑 놀거야~
왜.. 너..
디즈니
좋아하잖아..
아빠랑
인형놀이 할래
아.. 왜..
아빠 -
얘는 미미인데
아빠는 어떤거
하고 싶어?
아빠 하고 싶은거
해도 돼~
쫑알 쫑알
쫑알쫑알
안녕~!
미미야?! 너는
어디서 왔어?

주말 아침.. 늦잠자고 싶다..

멘트

자, 이제 자자ㄴ
턱
아빠! 이건 누구 손이게?
착
소이 손!
어떻게 알았어?
이렇게 작고 귀여운 손은 소이 손밖에 없거든
!?
카하하하
아이ㄴ 아빠앙♡

엄마: 얼른 자라 이놈들-!

말조심

자- 소이야
밥먹자~
아빠~
진짜 맛있다아
아빠 최고!!
그치? 아빠가
엄마보다 요리
더 잘하지?
으쓱
오물오물
그런 말 하지마아~
엄마 속상하잖아!!
아..
으응..

너 그러니까 아빠 좀 속상하다..

매의 눈

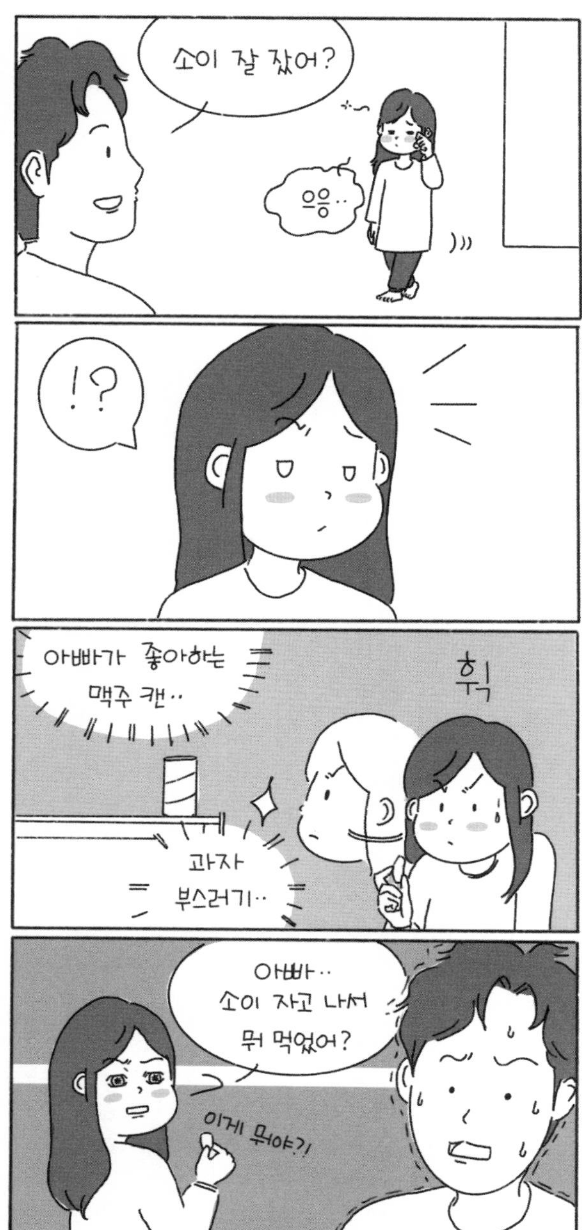
소이 잘 잤어?
으응..
!?
아빠가 좋아하는 맥주 캔..
휙
과자 부스러기..
아빠.. 소이 자고 나서 뭐 먹었어?
이게 뭐야?!

명탐정 소이

스포일러

우리 이거 보자~!
유치원에서 봤는데
엄청 재밌더라
씽
그럼
본거 아니야?
괜찮아~
아빠! 저 달팽이
좀 이따가 밟힌다?
영화 볼 땐 내용알아도
말해주고 그럼 안돼~
..응
알겠어..
어!?
저거 무너져서
나중에 공사하는데!
...

너 크면 아빠랑 식스센스 보자

유아 마사지

유년기
아이구~ 시원하다
토닥 토닥
청년기
나랑 결혼하면 매일 안마해줄게
결혼할래?
현재
아빠.. 다리 주물러줘..
Z Z
.. 어디서부터 잘못된 걸까
내 인생..

뜻밖의 마사지 외길인생

아이쿠.. 무슨 색종이가
이렇게 많아?
다 버려야지
그 날 저녁
아빠! 침대 옆에
편지 못 봤어??
응?! 그거..
... 버렸는데?
편지였어?
!!
으아아앙!!
그거 엄마한테
쓴 편진데!
버리면
어떡해애-
으아아앙

그냥 모른다고 할걸..

그녀가 화났을 때

길을 가다 혼난 소이
차 다니니까 조심해야 한다구! 알겠어?!
...
삐짐!!
걸음이 빨라졌다
성큼성큼
성큼성큼
문도 혼자 열고
삑
삑
겉옷도 옷걸이에 척척!
손도 혼자 잘 씻는다!!
이렇게 잘하는데 왜 지금까진..
쓱쓱

화가 나면 강해지는 타입

보드게임

부루마블 게임 중
난 계속 황금열쇠
사회복지기금..
무인도 행..
반면 소이와 아내는
계속해서 땅을
매입해간다...
우와ㅡ!
벌써 이렇게
모았어!
호텔 지을래!
아… 안돼..
게임에서도
이럴 순 없어!!
크흑

게임이 아닌 것만 같아

친구 같은 아빠

출산 전
오빠는 나중에 어떤 아빠가 되고 싶어?
음.. 나는..
난 ㅡ 우리 아이랑 친구같이 편하게 지내는 아빠가 되고 싶어
장난도 막 치고
현재
누가 아빠한테 버릇없게 그래?!
아빠가 소이 친구야?
. . .
어쩌자는 거지?
소이야 - 대답해야지!!

이상한 친구로군?

사랑해요

내가 부모가 된다면
이리와!!
꺄하하
자연스레 당신들처럼 할 수 있을 거라고 생각했어요
잘자
하지만 그 모든 게 수 없는 노력이었음을
RRR
이제서야 조금 느끼네요
응, 엄마 아픈데는 없고? 아빠는?
그냥 전화했어-
사랑합니다

아빠의 일기장 3

그래도 아빠니까

새벽 여섯 시. 아직 한밤중인 아내와 아이의 손을 한 번씩 잡아보고 출근한다. 아직 자고 있는 아이를 물끄러미 바라보면 언제 이렇게 컸는지, 쭉쭉 뻗어가는 팔다리가 야속하기도 하다. 아이가 자라는 게 아깝다는 말이 이제서야 무슨 말인지 알 것 같다.

퇴근하고 오면 소이를 보는 시간은 기껏해야 3~4시간 남짓, 그 짧은 시간에도 육아의 고단함을 온몸으로 받는다. 하루 종일 아이와 씨름했을 아내를 위해, 그리고 아빠와의 추억을 만들어주고 싶어 이것저것 해보려 하지만, 하루 종일 회사에서 시달리고, 1시간이 넘어가는 퇴근길을 달려오면 그 마음은 온데간데없고, 아이를 보채기 시작한다.

"소이야, 혹시 안 졸리니?"
"우리 잠자기 놀이 안 할래?"

… 물론 그런 얄팍한 바람이 통할 리가 없다.
아빠는 아이와 몸으로 많이 놀아주는 게 좋다고 한다.

아이 목욕을 아빠가 시켜주면 정서적으로 더 좋다고 한다. 피곤한 몸을 이끌고 소이와 몸으로 놀아주고 목욕을 시키면서, 분명 그런 이야기는 엄마가 한 게 틀림없다며 누군지 모를 전문가에게 원망도 해본다.

모든 채비를 끝내고 자리에 누워 인사를 하면 소이보다 빠르게 잠에 빠져든다. 애 아빠는 10시면 잘 시간이다.

이리 치이고 저리 치이는 일상이지만 행복하다. 아빠가 되고 나서야 퇴근길에 치킨을 사 오는 아빠의 마음이 어땠는지, 왜 아빠는 주말마다 소파에 파묻혀 잠만 잤는지를 알아간다. 좋은 아빠가 되고 싶다. 어떤 아빠가 좋은 아빠인지는 모르겠지만, 소이가 아빠를 진심으로 사랑할 수 있는 그런 아빠가 되고 싶다.

오늘도 힘겹지만, 새벽에 집을 나서면서 힘을 낸다. 좋은 아빠가 되기 위해.

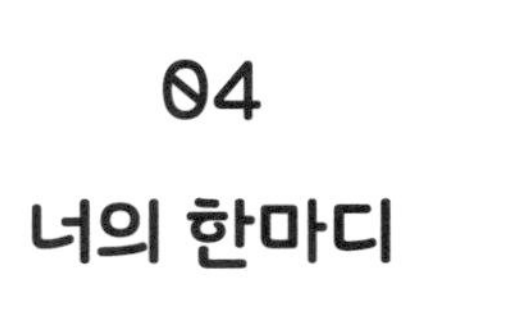

04
너의 한마디

도주

핑*퐁 체조ㄴ
둠칫
둠칫
달려달려 호랑이처럼-
다다닷
우다다
.. 아빠..
우리이..
헉
헉
타요타고 도망치자
너무 힘들어..
ㅋㅋㅋㅋ

대중교통으로 도주!

이제 그만

자 - 다 했다
이제 머리 말리자
탈 탈 탈
위이잉
.. 아빠 -
응?
위잉
이제.. 그만
예뻐질래..
더 예뻐지면
어떻게 해?
...
너.. 아빠 닮았어.. 걱정마..

빵 공장의 비밀

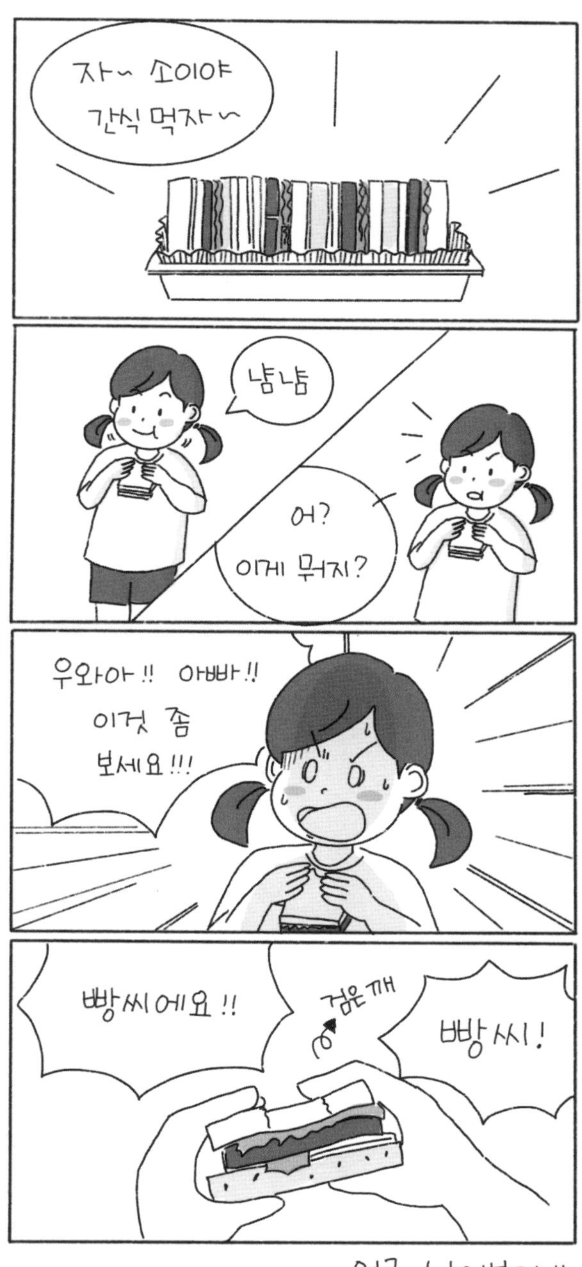
자~ 소이야
간식 먹자~
냠냠
어?
이게 뭐지?
우와아!! 아빠!!
이것 좀
보세요!!!
빵씨에요!!
검은깨
빵씨!

얼른 심어보자!!

놀이 후 뒷정리

블럭놀이 중
헤헤
잠시 후
소이야-
이제 다 놀았으니까
정리하자~
엄마는
간식 준비할게
곰곰..
...
쏙
.. 엄마!!
엄마도 같이 놀았으니까
엄마도 치워야지?!
왜 나만..!
엄마도 즐거웠잖아!!

망원경

짜잔~!
망원경이야!
맥×머스로 만든 원통
엄청 멋있지?!
내가 망원경 어떻게 보는 건지 알려줄까?
어떻게 보는 건데?
먼저! 이렇게 한쪽 눈은 감고 한쪽 눈은 떠야 해
그리고! 구멍으로 보는 거야
쉽지?
?? 반대로 보는 거 아니야?

안 보이는 것 같은데?

웃으며 명치 때리기

엄마~ 소이도
엄마 위에 누울래
그래? 그럼
등 위로 올라와~
요기 요기
아냐~! 엄마 배가
푹신푹신해~
폭신폭신!!
푸욱

가슴에 비수가 꽂힌다

으아- 여보!
미안해~
...
끼익
?
아빠-
어떻게 하면
엄마 화 푸는 지
알려줄까?
엄마가 하지 말라는 거
계속 안 해야 돼~
알겠지?!

그래.. 아빠가 그걸 몰랐네

뻔뻔해

문이 열립니다
띵♪
안녕하세요
오늘 소이가-
ㅡ소이는
재잘 재잘
어머- 이름이 소이구나? 무슨 소이야?
이? 최?
전 예쁜 소이에요!
POWER 당당

너의 그 뻔뻔함이 좋아

누명

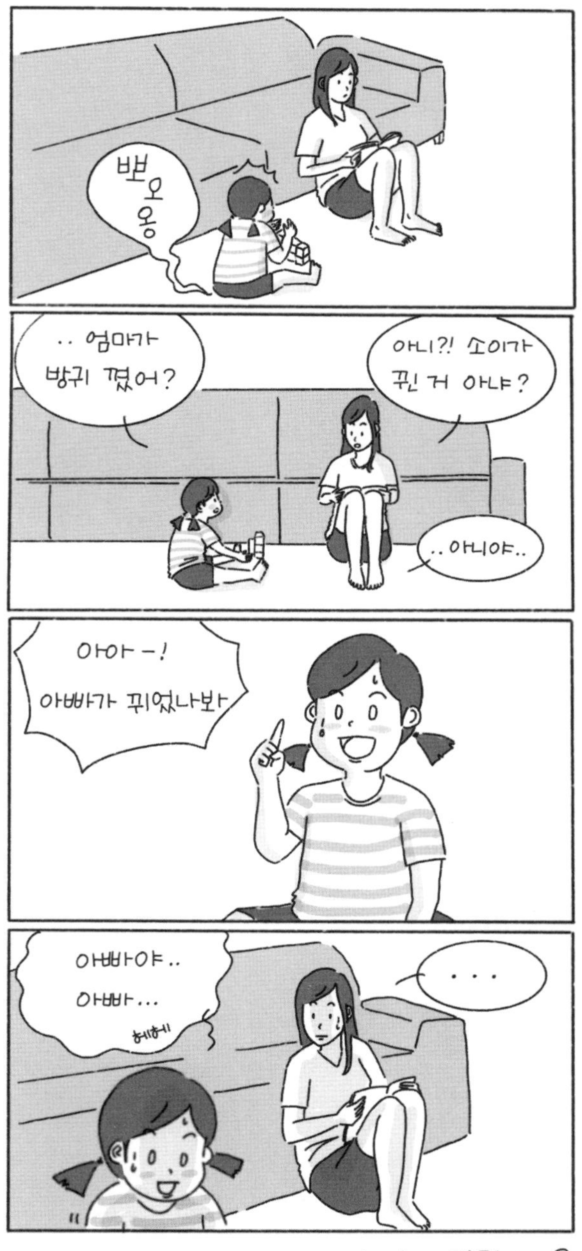
뽀오옹
.. 엄마가 방귀 꼈어?
아니?! 소이가 뀐 거 아냐?
..아니야..
아아-!
아빠가 뀌었나봐
아빠야..
아빠...
헤헤
...
아빠는 회사갔잖아..?

청소기 괴물

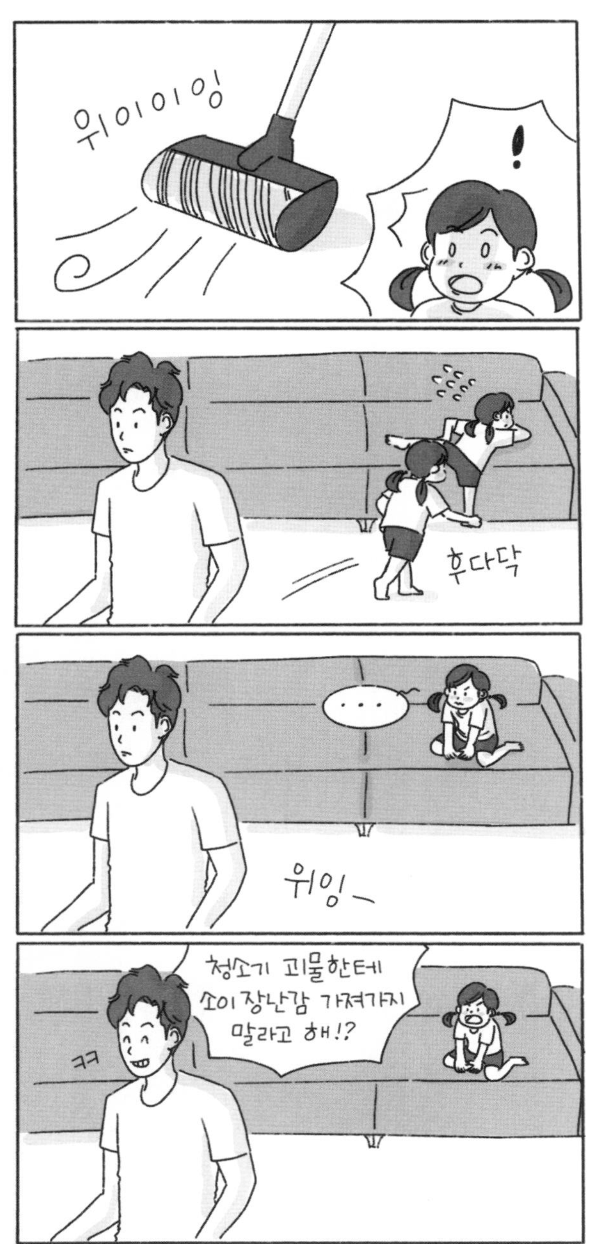

위이이이잉
!
후다닥
...
위잉~
청소기 괴물한테 소이 장난감 가져가지 말라고 해!?
ㅋㅋ

아빠가 잘 말해볼게

느낌 아니까

소이야~ 우리 영어놀이 할까?
개미는 영어로 애↗앤↘트!
Apple♪
Ant
개미가 영어로 뭐였지?
애↗앤↘트!
오~ 억양까지?
잠시 후
아직 기억하고 있나? 한 번 물어봐야지
소이야~
개미가 영어로 뭐였지?
개↗애↘미!
. . .

영어 느낌만 남았네

왜 그런 걸 자꾸 물어봐

소이는 엄마가 좋아 아빠가 좋아?
우리 가족 다 좋아~!
아니이~ 엄마랑 아빠 중에 누가 더 좋냐구~
... 엄마가 더 좋지이..
근데 엄마.. 아빠가 더 좋다고 하면 엄마 속상해?
왜 자꾸 물어봐?

내 친구의 집은 어디인가

뿡뿡이와
함께
놀아요~
힝…
나도 뿡뿡이집
놀러가고 싶다
뿌잉 뿌잉
뿡뿡!!
!!
그러게.. 엄마도
소이랑 가고 싶은데
뿡뿡이집 주소를 몰라
휴.. 좋은
변명이었다!
엄마! 저 친구들은
다- 아는데!
왜 엄마는 몰라?!
버럭!
…

내 친구의 집은 어디인가..

방귀

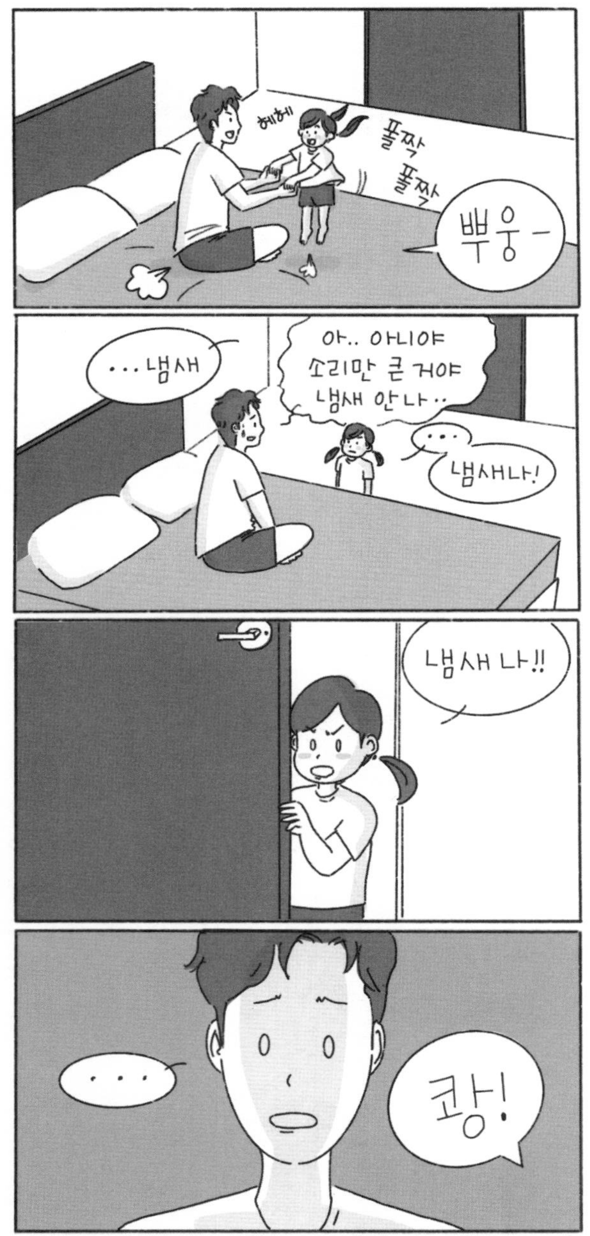
헤헤
폴짝
폴짝
뿌웅-
...냄새
아.. 아니야
소리만 큰 거야
냄새 안 나..
...
냄새나!
냄새 나!!
...
쾅!

아빠는 네 똥기저귀도 갈았다..

깨달음

소이야~ 잠깐 와볼래?
왜?
화장실 불 좀 꺼줄래?
알았어~
...!
아빠! 아빠가 봤으면 아빠가 꺼야지 - 왜 소이한테 꺼달라고 해?
정--색

칫.. 눈치챘구나?

서열 1위

엄마.. 나.. 다리가 아파
엄마가 주물러 줄까?
주물 주물
5분 후
드디어 육퇴다!
이제 됐겠지? 아.. 팔 아파
조용~
… 엄마! 계속 주물러야지
뭐하는 거야

서열 1위의 위엄

아름다운 세상

우와~
예쁜 구름이다!
아빠~ 빨간
나무들이야
예쁜 세상이다
그치, 아빠?
…맞아 진짜로
너무 예쁜 세상이다

네가 있어 아름다운 세상

마성의 맛

소이 스파게티 잘 먹네?
그러게-
와구와구
소이야 그렇게 맛있어?
ㅎㅎㅎ
응- 마시써-
후루룩
너무 맛있어서 참을 수가 없어!

맛이란 것이 폭발한다!

치사하다

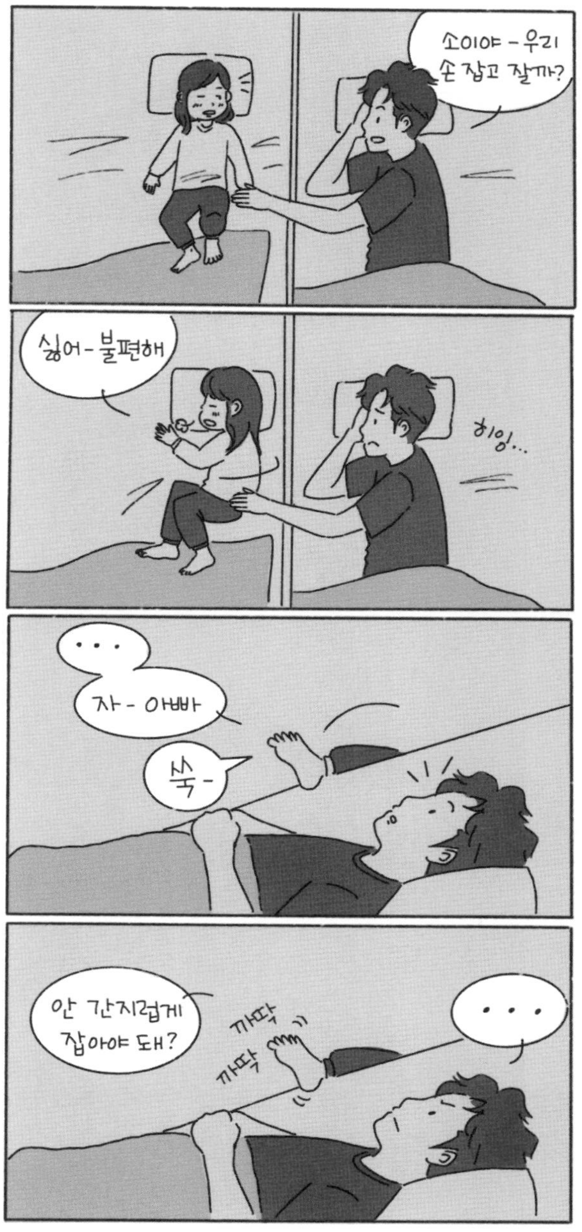

소이야 - 우리 손 잡고 잘까?
싫어 - 불편해
히잉...
...
자 - 아빠
쑥 -
안 간지럽게 잡아야 돼?
까딱 까딱
...

그래 이것으로 만족할게..

잠꼬대

한밤 중
Z Z~
싫어-!
안 할거야!!
깜짝
바둥
바둥
그래~ 하지마
괜찮아 소이야
안해도 돼-
토닥토닥
하지마라고
하지마아~!
엉엉
...

아.. 어쩌라구..

커피원정대

소이야-
우리 이 앞에
산책가자
커피
사야해
좋아!
어휴 춥네~
휭-
...
아빠
우리 너무
멀리가진 말자
ㅋㅋ 그래~
조금만 걷자!
... 아빠
휘이이잉
이제
돌아갈까?
많이
걸었잖아
벌써?
휘이이잉

우리 방금 나왔는데?

유도 심문

아빠!!
아빠아~!
응?
도깨비 과자
저기 있는데…
그래?
아빠는~ 도깨비 과자
먹고 싶어 - 안먹고
싶어~?
먹고 싶지?
아빠는
별로…
왜애애~??
그거 쵸코 맛인데?!
왜 안 먹고 싶어?
그거 엄청
맛있어!

쵸코를 안 먹고 싶을 때도 있어?

스마트폰

소이야~
아빠 핸드폰 좀
갖다 줄래?
핸드폰?
안돼 소이야!
갖다주면 아빠는
핸드폰만 보잖아
내가 언제~
...
자, 아빠
♪
근데에..
핸드폰 볼 때
소이도 봐줘야 해?
약속이야?
ㅋㅋㅋ
...

아니야 그냥 너만 볼게

데이트

어린이 집
소이야 우리 같이 갈래?
어머? 하준이랑 소이랑 데이트 해?
ㅋㅋ
하원 길
엄마 - 하준이가 데이트 하재
엥? 진짜?
응 - 근데 데이트가 뭐야?
음.. 데이트는 둘이 만나서 맛있는 거 먹구 재밌게 노는 거야
... 할래!
할래! 데이트!

데이트의 존재를 알아버렸다..

감사합니다 1

저기요~
아가 머리핀 흘렸네요~
자~
앗! 고맙습니다~
다행이다
할머니 아니었음 잃어버릴 뻔 했네
...
ㅎㅎ
참 고마운 할머니다~ 그치?

고맙습니다~

감사합니다 2

할머니-!
고맙습니다!
...
어구.. 할머니가
못 들으셨나봐
그만 가자
...
착
다다닷
고맙습니다아!
고래
고래

제 감사를 받아주세요!!

윙크

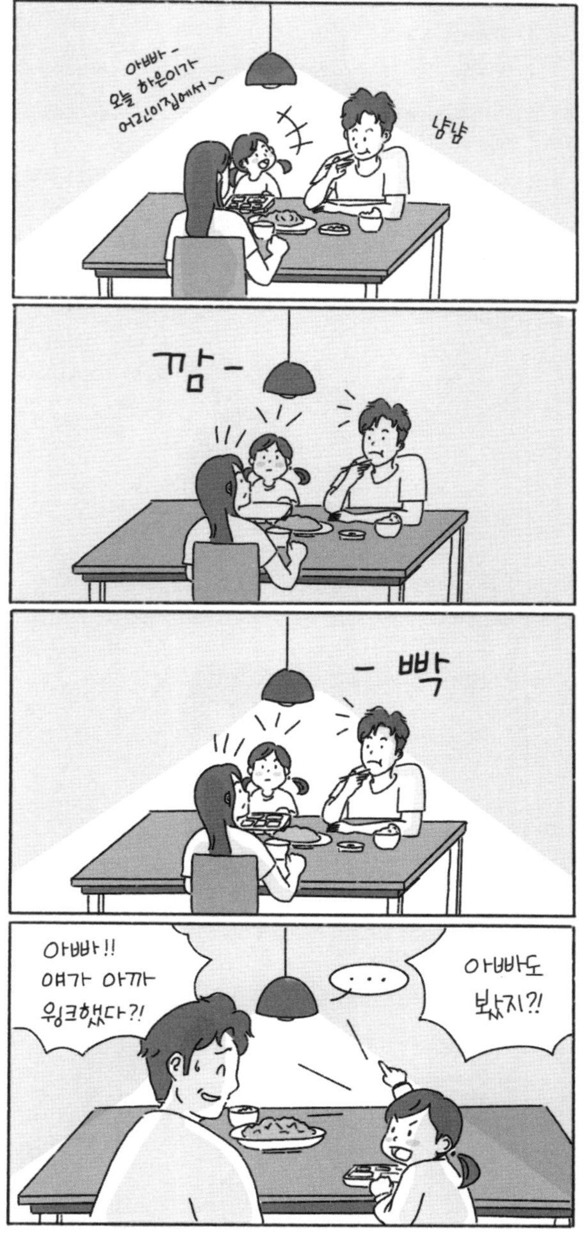
아빠 -
오늘 하은이가
어린이집에서~
냠냠
깜 -
- 빡
아빠!!
얘가 아까
윙크했다?!
...
아빠도
봤지?!

귀여운 너의 표현들♡

할머니 집에서
밥 많이 먹었어?
응~!
많이 먹었어
반찬은
뭐였어??
반찬은 없었어
밥만 먹었어~
엥?!
밥만 먹었다구?
그럴리가
응~! 근데..
밥이...
?
밥이~
볶음밥이었지 뭐야?

이 집 이야기 잘하네

역지사지

소이랑 둘이 자는 밤
아빠~ 아빠는 소이가 몇 번째로 좋아?
당연히 첫 번째지!
...
그럼 엄마는?
엄마도 첫 번째지?..
아빠!
착
내가 아빠도 첫 번째고 엄마도 첫 번째라고 하면 좋겠어?!
응?!

안 돼.. 엄마가 보고 있어..

꿈

…마-
엄마아-
엄마가 옆에 있어줘서
소이가 좋은 꿈을 꿨어요..
진짜 재밌는
꿈이었어요..
고마워요
엄마-
찡-

엄마에겐 꿈보다 좋은 현실

새옷

자, 소이야-
새로 사온 속옷 입자
딱 맞네~
아빠!!
이거 입고
어린이집 가면-
친구들이~
예쁘다고 하겠지?
헤헤
아니야
보여주지마

팬티는 자랑하는 거 아니야

작품활동

아빠- 이거 좀 색칠해줘~
왜애? 잘했는데? 소이가 직접 해서
소이만의 작품을 만들자!
아빠가 귀찮아서는 아니고-
..그래?
그럼 소이 힘내라 해줘!
응?
히.. 힘내라! 김 소이!!
힘내!
엄마도!

작품 활동이 요란하다

맹모삼천지교

엄마~ 소이가 엄마 주물러 줄까?
정말?
응~! 소이가 주물러 줄게
그래!
오.. 제법 시원하잖아?
꾹
꾹
와 - 소
정말 시원하
— 파?
?
여행가서 보고 배운건가
아파?
아파?
끄응

여행지 느낌 그대로

쇼핑 1

와~ 소이 발에
딱 맞네!
이걸로 할래?
다른 발도
신어볼래!
한쪽만 신어도
발에 맞는지 아는데?
아니~ 걸을 때
편한 지 불편한 지
걸어봐야지-
....
제법인데?

똘똘한 쇼핑러!

쇼핑 2

소이야-
구두 맘에 들어?
어린이날 선물이야
응!!
쇼핑 후 카페
모르는 사람
툭툭
공주 구두 아빠엄마가 사줬어요~!
다짜 고짜
와- 좋겠다
아이쿠.. 죄송합니다
샥

자랑하고 싶어서 참을 수 없었어요

인공지능

아빠! 우리 카카오 놀이할까?
응?
"카카오" 하고 불러봐~!
..카..카카오?
삐!
... 오늘 날씨 어때?
경 직
오.늘.날.씨.는. 좋.습.니.다
아..
고마워-
ㅋㅋㅋ

내가 만든 귀여운 인공지능

마법은타이밍

빨간 불이네~
기다리자~
...
수리 수리 마수리~
초록 불로 변해라! 얍!!
!!
짠!
아빠!
소이가 마법 쓴거야!
아빠도 봤지?!

마법은 타이밍

노력하는 마법사

어?!
하윤이다~!
하윤아~!
안돼!
빨간 불이잖아
꽉
...
초록불 될 때까지
기다리자-
수리수리
마수리
초록불로
변해라!
초록 불로
변해라~!
변해라
얍!
제발
...

될 때까지 하는 마법

엥?! 소이 발이 왜 이렇게 지저분해?!!
현관에서 놀았어? 갑자기 왜 때가 탔지?
이상하네..
으음-
...
...!!
아! 아빠가 깨끗하게 안 씻겨 준 거 아니야?

.. 이제 네가 직접 씻어라

씩씩한 사과

소이야-
좀 이따 나갈거야
들어와~
엄마 말 들어~
못들은 척
...
계속 소이 맘대로 하고
대답도 안 할거야?
그럼 엄마도
소이랑 얘기 안해!
..엄마 미안해
잘못 했어-
됐어!
흥!
...
졸졸
엄마!
미안합니다!
안 그러겠습니다!
씩
씩

이래도 사과를 안 받아주실 겁니까아!

짜장면

자~ 소이야
짜장면 먹자!
우와~
맛있겠다!
짜
잔
쭈욱
대롱
대롱
와앙
치덕
치덕
..꼭 그렇게
먹어야겠니?

이 집 면발이 살아있네!

영화는 맛있다

오늘은 소이랑 뭐 했어?
오늘 같이 영화 보고 왔지
오~ 소이 좋았겠네~
소이야~ 엄마랑 영화본 거 재밌었어?
응~!
맛있었어..♡

영화 내용은 기억 안 나?

마음에 내리는 비

아빠 –
태권도장에서
준수가 괴롭혀
방방에 소이는
못들어가게 했어
!!
...
그래서
소이 마음이
어땠어?
속상했어..
마음 속에
비가 올 정도로
속상했어..
시무룩
아빠 마음엔 천둥번개 친다!

행복한 눈물

소이야 사랑해♡
소이도 엄마 사랑해
아빠 사랑해 ~
아빠도 소이 사랑해♡
아빠 좀 안아줄래?
꼬옥
아빠아..
나.. 너무 좋아서 눈물날 것 같아
울먹 울먹

행복해 해줘서 고마워

반항

소이야
반찬만 먹지 말고
밥도 먹어~
계속
반찬만 먹네?
밥 한 입 먹고
그 다음에
반찬 먹고
... 아빠!
내가
알아서 먹을게!
!!

반항 : 더 비기닝

질투

아빠~ 오늘~
태권도장에
새 친구 왔어~
이름은..
안수현이야!
그래?
예쁜 이름이네
!!
..안수현
이름이...
예뻐?
?
'안 돼' 할 때
안 인데
예뻐?!

안씨이신 분들.. 죄송합니다

고마워

샤워 다 했다~
이제 나가자
아이고 덥다
빠안히
아빠!
응?
소이.. 사랑하고 좋아해줘서 고마워요

아빠 딸이어서 아빠도 고마워

아빠 아프지마

이거 소이가
따온 포도야!
그래?
맛있겠다
콜록콜록!!
...!
아이고..
아빠 이거
많이 드세요—
응?
소이 먹지 왜?
포도 많이 먹으면
감기가 도망간대
선생님이
그랬어~

아 잠깐 눈물 좀 닦고..

이대로도 좋아

으.. 꼬질꼬질
상태 심각하네
살도 엄청 찌고..
엄마~
응?
엄마 예뻐!
세상에서 제일
예뻐~!
.. 나는
소이에게 있는 그대로
사랑받고 있구나
엄마~
사랑해♡
꼬옥

서로에게 가장 큰 선물

소이야 조심해!
부우웅
엄마-
오토바이가 왜 인도로 다녀?
!!
저 오토바이는-! 나쁜 오토바이야!
그치?! 엄마!!
으..응..
맞는 말이긴 한데

바른 말 김소이

나의 띠

유치원
우리 엄마가 나는 양띠래!
나도 양띤데!
나도!
어?! 우리 다 양띠네?
...
나는
나는 초록띠야!
(태권도)

혼자 초록띠인데 뭔가 안 이상했니?

이상한 산소

아빠! 이상한 산소 있잖아-
이상한 산소?
?
응~ 이상한 산소는 우리가 숨 쉬면 나온대
나무를 자꾸 자꾸 베면 이상한 산소가 많아져서 숨을 못 쉰대-
아빠도 알지?
아~ 이산화탄소?
맞아 이산화탄소

너 방금 이상한 산소라고 했잖아

글자 공부

아빠, 이건
무슨 글자게?
소?
아니~ 이건
'귀염둥이 소'야!
...
이건 뭐게?
음…
'예쁜이 이'??
맞았어!

아빠는 아, 빠져 빠 라고 하는 건 아니겠지?

마음이 따뜻해

콜록콜록
아이구..
기침 많이 하네?
유자차 좀 마셔-
호로록
하아
아빠!
!
유자차 마셨더니
마음이 따뜻해졌어~

역시 뜨끈한 걸 마셔야 마음이 따뜻하지

축복의 가정

아빠- 저건 뭐라고 써있는 거야?
아- 저기에 '축복의 가정' 이라고 써있네~
축복의 가정
축복?! 무서워-
잉? 뭐가 무서워?
와락
축복이 뭔 줄 알아?
응.. 알지이-
하늘에서 펑펑 터지는 거
.. 그건 폭죽 이겠지

폭죽 장인의 가정

엄마는 여왕님

엄마~
응?
엄마는~ 왕비같아!
헤헤
역시 소이밖에 없구나..♡
고마워- 그런데 엄마가 왜 왕비같아?
응~ 엄마가 왕비님이어야
소이를 공주처럼 대해주지요-
와락

존중받고 싶다면 상대를 먼저 존중해주세요

소이 생일 밤
소이야~ 아빠랑 엄마한테 와줘서 고마워
아빠~ 아빠가 애기 때 네잎 크로버 찾은 적 있어?
음.. 몇 번 찾았던 것 같은데 왜??
아니! 그래서 소이가
아빠 엄마한테 왔나보다!!

널 만난 건 행운이야

울지마

아이고..
죽겠다 -
저녁 먹은게 체했나봐
으아아앙 -
엄마~
아프지마-!
흐아아앙
왈칵
소이야; 엄마 많이 아픈 거 아냐
그냥 조금 체한거야~
엄마아~
으아아앙
울지마아~
엄마가 아픈데! 내가 어떻게 안 울 수가 있어?!
엉엉

너어.. 아빠 아플땐 밟고 가더니..

그거 어려운 건데

아빠! 나는 커서 발레리나가 되고 싶어~
그래? ㅋㅋ
소이가 열심히 노력하면 뭐든 될 수 있어!!
응! 맞아!
근데 엄마는 아무것도 안 되고 엄마만 됐네?
!!
해 맑
..뭐어?
...
야아.. 네가 그런 말하면 안 되지..

엄마되는 거 엄청 어려운 거야!

엄마-
어버이날은
왜 있는 거야?
응~ 어버이날은
부모님께-
낳아주시고
키워주셔서 감사하다고
인사하는 날이지!
소이는 어린이날은
왜 있는 것 같아?
아- 그거는~
어린이들이
유치원 가고 힘드니까
쉬라고 있는 거지~
헤헷!

‥ 어버이날도 쉬는 날이면 좋겠다

원판 불변의 법칙

소이가 사진 찍어줄게-
찰칵
잘 나왔어?
?!
소이야.. 아래에서 위로 찍으니까 이상하게 나왔잖아 ㅠㅠ
?
아빠.. 아빠가 이렇게 생겼으니까 그런거지
. . .

아빠랑 똑같이 나왔어

설명서

아빠.. 어려워
이거 잘 안돼..
아빠가 해줘
소이가 자꾸 해봐야
실력이 느는 거야
혼자 해봐ㄴ
아빠ㄴ!
어려운 거는 아빠가
도와주시고 아빠
혼자 하세요..
여기 이렇게
써있어!
너..글씨 아직
못읽잖아..

..어디서 약을 팔아?!

미녀는 괴로워

경비실
!!
안녕하세요~
아이구~ 예쁘네
안녕하세요~
...
...엄마, 요즘 사람들이
나보고 다 예쁘다고
그러더라?
?
네살 다섯살 땐
귀엽다고 했는데?
...
지금은 귀엽고
예쁜가봐~
뻔뻔
어디 가서 그런 소리 하지마..

치료비

아이고-
아파라…
아빠
아파??
응.. 내일은
치과 가야겠다..
돈 또 많이 들겠네
내 토토로 가방에
소이 돈 있잖아아-
근데.. 그 돈은
아빠한테
줄 수가 없어..
ㅋㅋㅋ 왜??
내일 다이소 갈때
써야 하거든!!
....

사업 자금이구나?

다음날 아침
소이야—
일어났어?
아빠...
아빠ㄴ
아픈 건 좀
괜찮아?
으응.. 근데
이따가 치과
가보려구
아빠 아픈거
소이는 싫어!
건강하게
살아라?
응?

건강해야하는 이유

사과와 용서

아야!
으아아앙~
소이야?!
왜 그래!!
엄마가 머리 빗겨주는데
여기가 아팠어..
아..
아팠겠네
엄마가 소이한테
사과했어?
응..
그럼
용서해줄거야?
.. 그건
생각해봐야지?
단
호

사과한다고 다 용서해야해?

엄마의 생일

오늘은 엄마 생일~
소이 엄마 생일~
아! 맞다!! 아빠!!
엄마 선물 안 샀다!
얼른 사러 가야 하는데…
다이소 문 닫은 거 아닌가..
어떡하지..

그녀의 주 거래처

끝말잇기

아빠!
우리 끝말잇기
놀이하자~
그래!!
아빠 먼저 한다?
버스!
스티커!
커?.. 커..
소이가
알려줄까?
응.. 뭔데?
커러링 북!!
커러링북이
있잖아!

그것도 몰라??

숫자 공부

백, 이백, 삼백, 사백,
오백, 육백, 칠백,
팔백, 구백~!
그럼
구백 다음엔?
음.. 천!!
우와~
소이 대단하다
히히히-
.. 그냥 막 말한건데..
휴우..

찍는 게 뭔지 배웠다

선생님처럼

자, 엄마! 이제 소이처럼 그려봐
스윽
이렇게?
오~ 잘하네 이제 알겠니?
...!
푸핫
..반말해서 미안해?
머쓱

반말이라서가 아닐텐데?

물가의 아빠

응- 술 마시고 이제 들어가려구 소이는?
이제 자려고 누웠어-
아빠! 아빠아!!
잠깐- 소이가 할 말 있나봐
아빠…
아빠 괜찮아!?
무슨 일 있는거 아냐?
아빠가 너무 너무 걱정돼-!!
조심해 아빠!!
오아앙

이불 밖은 위험하댔어!

영어

엄마 - 나
페파보면 안돼?
엉? 또?
소이야- 그럼
영어로 말하는 걸로
볼래? 어때?
한국어로 내용을
다 알고 있으니
도움되겠지?
.. 그래애
알았어어..
. . .
엄마..
한국어로
볼래..

무리였나ㅎㅎ
그럼 딱-
하나만 더 보자
싫어!
한 개만~
싫어! 영어로
안 볼거야!
쒸익
쒸익
그럼 엄마도
엄마가 좋아하는 거
영어로 봐!!
캬옹!!

엄마 자막으로 봐도 되니?

친구 엄마

엄마~ 나 이현이랑 겨울왕국 2 보러가기로 했어!
응?
너희끼리 어떻게 가려구?
?
아~ 엄마들도 같이 가는 거지
엄마는 이현이 엄마 모르는데?
약속을 어떻게 잡아?
...
아! 이현이랑 붙어다니는 아줌마가 이현이 엄마야!
나중에 알려줄게-

너랑 붙어다니는 아줌마 소개해주게?

아빠의 일기장 4

순간을 기록하는 마음

울고 보채고 옹알옹알하던 녀석이 어느새 말을 하기 시작했다.

말을 배워가며 하나둘 할 줄 아는 말이 늘어나니 '내가 사람을 낳았구나.' 하는 생각이 들기 시작한다. 물론 시작은 대체 무슨 말을 하는 건지 한참을 고민하고 몇 번의 실랑이 끝에 무슨 말인지 추론을 해내지만, 시간이 갈수록 대화가 되기 시작한다. 몹시 신기한 경험이다.

세상을 배워가며 소이가 하는 말은 때론 엉뚱해서 한바탕 부부가 웃음을 터뜨리는 일이 잦아졌다. 동영상을 찍으려고 해도 지나가 버리는 순간들. 다시 한번 시켜 촬영을 해봐도 재방송은 역시 재미가 없다.

우연한 기회에 에피소드를 만화로 그려 주위에 보여주니 재미있단다. 그냥 지나가는 칭찬이었겠지만 그 반응들은 한 번 더 그림을 그리게 하는 원동력이 되었다. 어디 내놓기도 부끄러운 그림이지만 지나가 버리는 소이의 한마디를 기록하는 재미에 인스타그램에 업로드하기 시작했다.

그러다 보니 어느덧 3년이 넘었다.

엄마와 아빠를 웃게 하고, 미처 모르고 지나갔던 일을 다시 한번 돌아보게 하고, 부모도 아이에게 사랑을 받고 있다는 걸 느끼게 해주는 소이의 한마디들.

언제고 그녀의 한마디를 귀담아듣기로 다짐한다.

05
둘보다는 셋

다 들린다구

엄마- 소이는 세상에서 우리 가족이 제~일 좋아!
근데 거기서도 엄마가 제일 좋아!
소곤
소곤
뭐어?! 아빠 다 들었어- 엄마가 제일 좋다구?
아빠 속상해!
!!
아빠..
그 이야기는 듣지 말아 줄래?
비밀이거든..

아빠한테 안 들리게 말해줄래?

간호사

응? 귀 간지러워?
귀 파줄까?
후비적
엇.. 어어-
조심해ㄴ 무섭단 말야
움직이지 마
...
어허ㄴ 움직이지 마세요
의사 선생님이
안 아프게 해줄거에요
조금만 참으세요
ㅋㅋ

귀 팔 때 네가 제일 무서워

.. 엄마 아빠는 어딨어?
으응? 아빠는 회사 갔지이..
으아앙-
아빠아
엉엉-
어휴.. 달래지질 않네..
소이야- 우리 초콜릿 먹을까?
!!
엄마! 엄마!! 큰 동그라미 초콜릿 줄거야?!
후다닥

이별엔 초콜릿이 좋대

· · ·
엄마 -
우리 소이방
가자!
30분 후
아빠! 아빠!
소이 방에
놀러 올래?
· · ·
소이방에서
책도 읽고 재밌게
놀자~
30분 후
엄마~!
아빠랑 소이가
만든 거 볼래?

2교대 순환 육아

원원

소이네 낮잠시간
아빠 아빠!
응? 왜?
아빠랑 엄마랑 소이랑 셋이 다 자면 도깨비가 와서 소이 데려가면 어떡해
그러네?!
그럼 아빠가 나가서 도깨비 못 오게 지켜줄게!
나쁜 도깨비!
응! 아빠~!
소이 지켜줘!
응!
예이~
게임 해야지

도깨비님 감사합니다

끼익-
쿵

소이야
얼른 누워..

그녀의 친구들

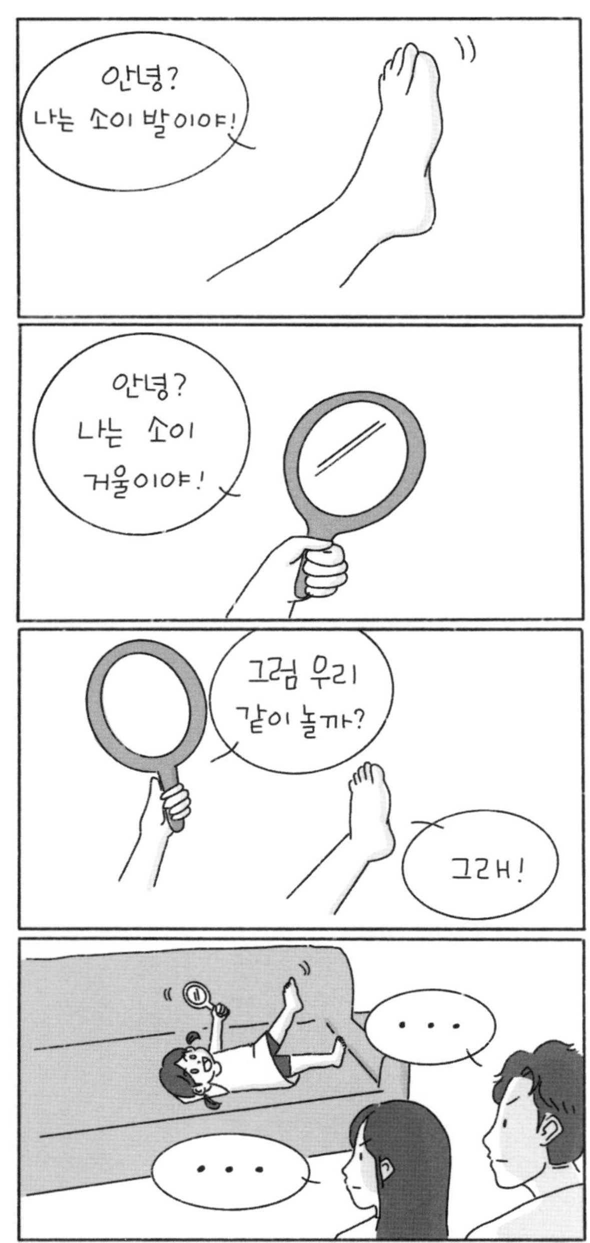

안녕?
나는 소이 발이야!
안녕?
나는 소이
거울이야!
그럼 우리
같이 놀까?
그래!
...
...

이제 친구들 집에 좀 가라고 할래?

아빠의 눈물

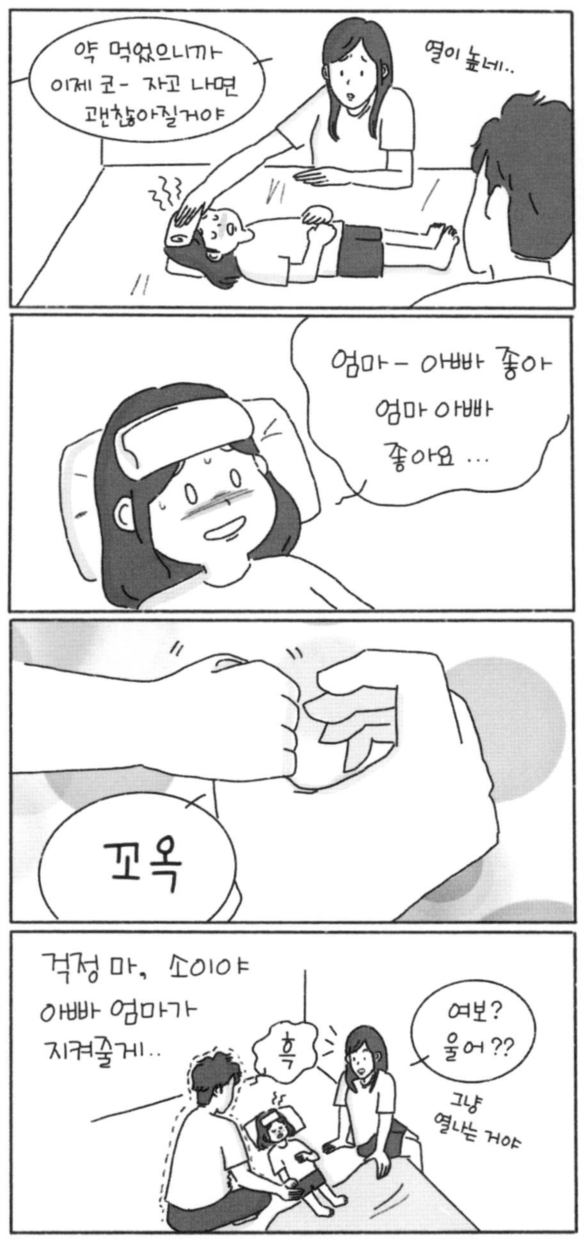

약 먹었으니까 이제 코- 자고 나면 괜찮아질거야
열이 높네..
엄마 - 아빠 좋아 엄마 아빠 좋아요 ...
꼬옥
걱정 마, 소이야 아빠 엄마가 지켜줄게..
흑
여보? 울어??
그냥 열나는 거야

아빠가 되고 눈물만 늘어난다

엄마 좋아~♡
소이야 아빠도 좀 안아줘~
가지마~ 엄마랑 더 있자
찡
꽈악
?
찹
엄마.. 소이는 엄마 딸이지만 가야해요
금방 올게, 알겠지?
...

'얼른 해치우고 올게' 이런거야?

미미랑 있어-
금방 올게~
아빠!
소이야~

스치듯 안녕

첫 만남
안녕? 난 소이야
안녕~ 나는 연서야!
격정적인 놀이
연서 언니 좋아♡
연서언니 진~짜 좋아!
꺄
집에 가는 길
소이야 오늘 재밌었지?
아까 같이 놀았던 언니 이름 뭐였지?
음..
모르겠어!!!

그냥 한번 만나본 거야?

소이도 힘들어

소이 목욕 끝~!
으아 ― 덥다 ~
엄마 더워?
응.. 엄마는 소이 밥하고 목욕시키고 그래서 지금 좀 덥네~
근데, 엄마! 소이도 열심히 놀았잖아
얼마나 덥겠어~

거 선풍기 회전 좀 합시다?

순발력이 필요한 순간

..빠 ~~ ~~ 아빠 ~~
잠결에도 아빠를 찾네..
안되겠다 아빠가 가서 안아줄게!!
벌떡
응? 뭐라고..? 쉬 마려워?
..쉬-
쉬라고?
야구선수급 슬라이딩
다닷-
드르렁

육아는 순발력이 생명

당신이 잠든 사이에

역시, 소이가 일찍 자는 날에는 치맥이지!
육퇴다!
수고했어!
chicken
..엄마아..
소이야 일어났어?
엄마랑 다시 자러 갈까?
chicken
...
chicken

이럴 때도 있어야지..

치카치카

여보! 소이 입 좀 봐줘!
아니?! 소이 입속에 충치 벌레들이 엄청 많아요!!
충치 왕국 되겠어!
!!
소이야! 빨리 아빠한테 와!!
ㅋㅋㅋ ㅋㅋㅋ ㅋㅋㅋ
다다닷
이 나쁜 충치벌레들! 치카치카 군단이 혼내주마!!
치카 치카
...

연기력이 늘어간다

손잡이

오늘 저녁은 치킨이다!!
예에~!
짜잔
자- 소이는 아빠가 살만 발라줄게
아빠! 나는~ 손잡이가 있는 거 먹고 싶어
손잡이?
..알았어
자.. 여기 소이가 잡고 먹어
이 녀석..
덜덜
치킨 맛을 알았구나..!
남은 다리는 내꼬
...
헷

새나라의 칰린이

노하우

도토리 은행
아까 - 어린이집에서 은행 갔었어!
자 - 여기 줄서세요 -
소이도 돈 벌고 싶다..
..소이야 돈 벌고 싶어?
추석 때 할머니집 가서 인사 잘하면 돈 벌 수 있어!
명심해!
오옷

그리고 아빠가 맡아줄게!

추석

와~ 달님이다-
추석에 달님한테
소원 빌면 이뤄진대!
정말?
부우웅
소이는 무슨
소원 빌거야?
소이는~
예서랑 하윤이랑
키즈카페 가고
싶어!!
ㅋㅋ
겨우??
여보는 무슨 소원
빌고 싶어?
음.. 부자 되고
우리 가족 건강히
행복하기!!
그럼 달이 동그래지면
우리 다같이
소원 빌자!
좋아요!!

바라는 대로 이루어지길..

동생

태화 귀여워~
정말 정말 귀여워!
태화가
누구야?
윤화 동생이야-
동생 반에 있어
진-짜
귀여워
그렇구나
소이도 하진이랑
민준이 있잖아
※ 사촌 동생
아니이..
소이 집엔
없잖아!
...
소이도 동생
있으면 좋겠어?
응.. 소이도
집에 있는 동생이
있으면 좋겠어
히잉
...

복잡복잡한 아빠 마음…

아내와 딸의 차이

햄버거 가져왔어~
햄버거!
쿵
으악! 내 무릎!!!
아야야··· 아파라~ ㅠㅠ
아이고-
아빠···
바보야~ 조심 좀 해!!
아빠 괜찮아?
많이 아파?
. . .

같은 마음 다른 표현

우리 강아지

엄마 - 좋아~
사랑해~
꽁냥
엄마도
소이 사랑해
꽁냥
흐뭇
우리 딸~!
아빠~!
아빠한테도
'사랑해' 하려나 보네
아이구~
우리 강아지-
으응?
...뭔가
이상한데?
강아지
귀엽다~
탁탁

네가 날 키우고 있었구나?

불편해

아빠! 오늘은 소이랑 침대에서 잘래?
그··그럴까?
데구르르
으윽···
쿵
쿵
으으··· 김소이··
···
불편해·· 불편해애-

이럴거면 왜 같이 자자고 한거니

내 맘 알지?

아빠 좋아~
아빠도 사랑해
소이야 이제 자자
소이 오늘은 아빠랑 잘거야
정말?
우와
...
엄마~
근데 내가.. 엄마 좋아하는거 알지??
ㅋㅋㅋ
ㅋㅋㅋ

네 맘 다 알지♡

작지 않아

소이야~
아빠는 눈이
커? 작아?
작아!
부릅
엄마 눈은?
커!
소이야··
잠깐 귀 좀···
스윽
?
너 아빠 눈
닮았거든?!
이 양반이··

그러니까 아빠편 해야지

질 수 없어!

아빠.. 소이~ 오늘 멋있는 옷(바지) 입고 가써..
하은이만 계속 공주했어.. 소이도 공주하고 싶은데에-
공주는 돌아가면서 해야지!
..소이는 한번도 못했어
엥? 그럼 뭐했어?
소이는 마녀했어...
뭐어?!
그럼 내일은 공주드레스 입고 가자!
안돼!
정말?

아 왜애~ 소이도 공주해야지

장래희망

소이는 커서 뭐가 되고 싶어?
?
아니 소이는 뭐가 되고 싶진 않고
그냥 엄마를 도와주고 싶어-
아구~~ 이뻐 우리 소이!
꽁냥
꽁냥
헤헤..
커서 뭐라도 되는 게 도와주는 거 같은데…?

아빠 좀 도와줘…

귓속말

엄마~ 소이가 뭐 말해줄까?
응? 뭔데?
그게… 뭐냐면~
뭐?! 정말??
아빠! 아빠한테도 말해줄까?
뭔데? 말해줘!
쫑긋
그게..뭐냐면..
소.곤.소.곤 소곤 소곤 소곤
ㅋㅋㅋ

엄마는 리액션 장인

환경교육

휴우.. 덥다
에어컨 좀 켜야지
소이야 덥지? 에어컨 켤까?
응.. 그치만.. 북극곰 가족 집이 없어진대-
!!
아, 맞아 그렇지- 북극곰..
얼음이 녹아서 집도 없어지고
먹을 것도 없어져서 배고프대
맞아- 소이 잘 아네
...
♪
덥다..
에어컨 켜고 싶다
아빠 생각도 좀 해줘..

프로손녀

소이야 잘 자고
또 통화하자~
할아버지~
안녕히 주무세요
오냐~
뚝-
급
정색
...
.. 프로다!
프로 손녀야!!
끄엄

손녀모드가 종료되었습니다

전담마크

아빠- 오늘 회사 안 가는 날이야?
응.. 맞아
근데- 아빠는 언제 회사에 안 가는 거야?
아빠~ 남자 간호사도 있어요? 남자 간호사는 왜 있어요?
재잘 재잘
.. 소이야 우리 거실로 나갈까?
좋아!!
아빠! 졸리면 소파에서 자도 돼

적장은 내가 맡겠소

맛있어?

자~
수박 먹자
쩌억
와-
맛있겠다
오-달다
오빠도 먹어봐
그러네!
.. 아빠
맛있어?
맛있어서
기절할 것 같아?
응?

맛 표현의 난이도가 올라간다

고마운 친구

엄마는 아빠한테 항상 고마워
왜?
아빠랑 결혼해서 소이를 낳았잖아
아빠가 없었으면 소이를 못 만났을 거야
...
맞아~ 배아프면 병원도 데려가주고
정말 고마운 친구였네!
ㅎㅎㅎ

그 마음을 잊지 말아주세요

온도차

이제 자자
소이야-
끼익
요놈들.. 아직도
안자고 있네
스윽
아빠다!
뭐야 ㅋㅋ
왜 그러고 있어
소이야
아빠 진짜
못생겨보이지?
아니~
아빠 예뻐!
씨익
아-
하지마!!
아빠
멋있어♡

아내와 딸의 엄청난 온도 차

각오

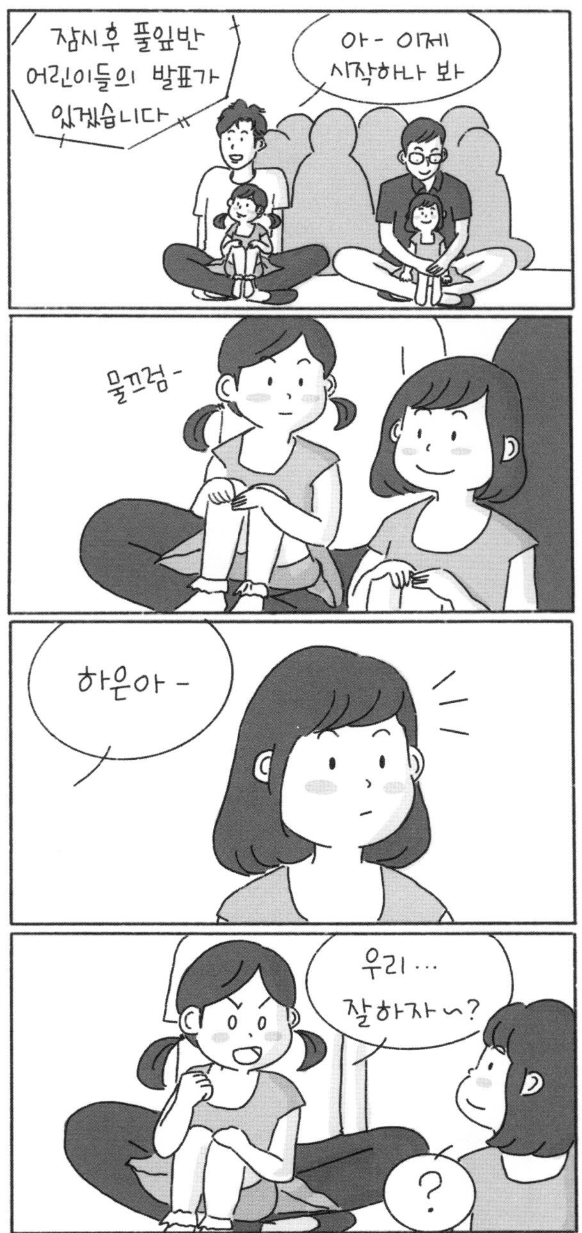

잠시후 풀잎반 어린이들의 발표가 있겠습니다
아- 이제 시작하나 봐
물끄럼-
하은아-
우리…
잘하자 ㄴ?
?
화이팅!!!

공연

저는 빨리 어른이 되고 싶습니다
저는 커서 멋진 발레리나가
스
피
발
표
되고‥
할아버지~
하하하
할아버지!
다닥
안돼! 소이야 가지마
깜짝

Show must go on!

잠버릇이 닮았네

으윽.. 안돼..
.. 으으윽 –
잠꼬대를 하네
오늘 피곤했나..
으.. 네가..
이씨...
으으 –
아니야!
이거는
내가 이겨!
이얏!!
...

다이나믹한 부녀의 밤

아이고 소이야
가만히 좀 있어-
장난
그만 해-
이거
이거는
엉덩이~
엉덩이~
김소이!
그만하세요!!
싫어~
더 할거야!
자, 이제 조금만
더 놀고 자자
...
여보.. 잠깐
귀 좀...
?
스윽
여보.. 나..
쟤 너무 짜증나
나도!
완전
진상이야

딸 뒷담화

아빠의 전성기

아빠, 아빠!
나랑 팝콘가게 놀이하자
△△동이 재개발..
근데 OO는..
소이야 잠깐만~
엄마랑 지금 이야기 중이야
조금만 기다려~
...
흥!!
아빠는 엄마만 좋아하고!
ㅋㅋ
ㅋㅋㅋㅋ

아빠 인생 최고의 인기

잠자는 숲속의 아빠

엄마~
사랑해♡
꽉
쪽
아유- 우리
예쁜 소이♡
이제 내
차롄가?
헤헤
소이가 뽀뽀하면
벌떡 일어나야지
잠자는 숲 속의
공주처럼!
그리고..
그런 일은
일어나지 않았다
엄마! 우리~
저기 가서 놀자!

그들만의 리그

아빠는 외로워

눈 감고 코 자자
자, 이제 잘 시간이야
잘 자~
턱
앗, 아빠!
엄마한테 발 올리지 마!
벌떡
엄마 불편하면 어떡해~!
하지마
...

너 이러는 거 아빤 좀 불편하다

너만은 건강하게

영양을 생각한 균형 잡힌 식단
인스턴트를 최소화한 건강식
번거롭지만 소이를 위해
정성껏 준비한다
다 됐다~
띵동♪
오돌뼈
시키셨죠?
네!

맵고 짠 음식이 그리워

왜 그래

김소이..
엄마 진짜 화났어!
아이쿠- 삐졌어?
몰라-! 흥이야!!
엉? 아니.. 왜 나한테도 삐져?
. . .
엄마.. 그런데 아빠한테까지도 그럴 필요가 있나?
. . .

잘한다 내 딸!!

문 열기

아빠! 내가 열래
그래- 소이가 비밀번호 눌러ㄴ
삑삑
삑
삑
삑
삑삑
삐익
..너무 많이 틀리면 락 걸릴텐데
...
삑 삑
삐용-
삐융 삐융 삐융
아빠- 이거 왜 안눌려져?
삐용
삐용
휘이잉
망했군..
추워...

우리집인데 왜 들어가질 못 하니

아빠!!
응?
손톱깎이 쓰고 안 치워서 내가 밟았잖아
응? 아빠 아냐
아이 참-
!
소이야 미안.. 그거 엄마가 안 치운거야
!
아- 괘.. 괜찮아 엄마 그럴 수도 있지~

아빠한텐 할 말 없니?

숫자 쓰기

자, 소이야
숫자쓰기 해보자
우와- 소이
잘한다아-
이제 5
써볼까?
오~
맞아! 그렇지
스윽
잉.. 아니..
왜 거울처럼 써?
반대야
반대

거울처럼 바라보는 세상

애들은 거짓말 못해

문이 닫힙니다
예쁘다아~
어른한테는 "예뻐요" 라고 해야지 ㅋㅋ
고마워-
예뻐요
♪
- 그랬다니까?! 애들은 거짓말 못하는 거 알지??
...

소이는 종종 하던데..

모범 질문

여보.. 어제는 내가 미안해
손 치워
엄마~ 아빠 용서해주라 아빠가 미안하대
소이한테도 사과해!
소이야.. 아빠가 미안..
뭘 잘못 했는데?!
응?

너.. 아빠편 아니었어?

외출 준비

소이야- 아빠
커피 사러 가는데
같이 갈래?
응! 갈래!
근데 잠깐만-
?
후다닥
얼른 안 나오면
아빠 혼자 간다?
어?!
아니 잠깐!
제발!!
같이 가
아빠~
주섬
주섬

아빠랑 좀 떨어져 걸을까?

엘사 그리는 어린이

으아아아앙
아아앙ㅡ
엉엉
소이 왜 그래?
엘사랑 똑같이 그리고
싶은데 똑같이 안 그려져
엉엉
그랬구나.. 그런데
그림이 잘 안 그려져도
꾹 참고 열심히 그려보면
점점 잘 그릴 수 있어!
다시 한번
그려볼까?
끄덕
으아아앙ㅡ
이게 아니야아!!
...

여섯 살 장인정신

소이야- 아빠가
라면 끓여줄까?
정말?
어.. 엄마가
먹어도 된대??
우와..
하..뭐 이런걸
엄마 허락까지 받아?
아빠가 된다면 되는거지
여보.. 소이랑
라면 먹어도
되..지?
뭐?!
라아면?
아니..
자주 먹는 것도
아니고오..

서열 파악 다 끝났구나?

우월감

나느은ㄴ 엄마가
세상에서 제ㄴ일
좋아ㄴㄴㄴ!!
엄마도
소이가 젤 좋아!
아빠는?
아빠는
두번째지ㄴ
씨익
...
너..
표정이 왜 그렇게
건방져..? 응?
으쓱

아들 낳은 후궁 느낌

수신호

아이고— 하원 버스 도착했겠다
앗— 수진이 아버님이 소이도 데리고 오시네
어?! 엄마!
엄마~! 수진이 아빠가 와플 사주신대!
나도 같이 가도 돼?!
가도 되면 손 머리 위로 동그라미 해~
이렇게!

와플 먹고 싶은 사람 팟쳐 핸섭

귀여움의 레드오션

발레수업
소이야-
마스크 다시
고쳐 써야겠다
거꾸로
썼어ㅠ
!!
그런데
마스크 벗은 거
처음 보네?
주섬
주섬
소이 너무
귀엽게 생겼다
....
와아.. 다 귀엽다ㅠ
얼른 마스크 쓰자
초롱 초롱

치열한 귀여움의 세계

그럴리가 없어

다녀왔습니다아ㄴ
왔어? 아후-
술냄새!
소이는 자?
여보.. 근데에-
오늘 회사에서
ㄴㄴㄴ일이 있었다?
아ㄴ 그랬어?
10분 뒤
그래서 ㄴㄴㄴ했다?
엄청 ㄴㄴㄴ 했겠지..
나 어렸을 때도
그랬던 적 있는데
언제냐면 ㄴ
아.. 그랬겠네..
· · ·
어우! 그만 좀 말해!!
김소이랑 완전 똑같네!
뭐!? 말이 너무
심한거 아냐?

내가 그 정도로 말이 많을리가 없잖아!

손님이 반가워

오빠 - 부동산에서
오늘 저녁에 집 보러온대
그래?
알겠어~
다녀왔습니다 -
아빠!!
아빠~!
아빠!
사람들이 우리집
보러온대!!
좋겠지?!
...

너 이사가면 친구들 못 만나는데 괜찮니

잠시 실례하겠습니다~
아, 네~ 들어오세요
이건 소이랑 아빠가 같이 그린거에요~
쫄쫄쫄
저 사진은 소이 엄마 아빠가 결혼할 때 찍은거에요!
쫄쫄쫄
소이야.. 우리 저쪽으로 가있자…
어!? 그건 소이가 종이접기한 거에요!

우리집 도슨트

가정학습

자, 소이야
수학시간이야!
10+2 =
12+2 =
13+2 =
아! 잠깐만~
지우개 똥 치우기
책상정리
아니.. 얼른
풀어보자 -
아!! 알겠어-!
23+2=15
으아아아아아
..자, 소이야
잘 봐봐 -
카하하하

공부하기 싫은 거니 모르는 거니

그리운 선생님

나.. 소이 공부 못 가르치겠어!
집중도 안하고 너무 힘들어
씨익
씨익
아니.. 그렇다고 애한테 왜 화를 내?
알겠어 내가 해볼게
잠시 후
여보…
아까 뭐라고 해서 미안해..

이래서 선생님이 필요한가봐

여기도 있어요

냠냠
쓱쓱
아이참.. 소이야 옷에 닦지 마세요-
손에 묻은거 옷에다가 닦지마 ~ 알겠지?
응!
스윽-
잘 지켜줘!
...
슥슥

다음부턴 조심할게..

첫이 빠짐

아빠~!
줄 먹을래?
응?
뭘 먹어?
줄~!!
이쪽으로
와서 먹어~
소이야
아~ 해볼래?
?
이 하나 빠졌다고
발음이 많이 새네?
ㅋㅋㅋ
...

첫니 빠진 소이

숫자 읽기

6:30
앗?
아빠! 지금
육시 삼십분이야?
여섯시
삼십분이지
ㅋㅋ
여기 석수 셋동이라고
써있어~!
석수 3동
거긴 석수삼동이라고
읽는거야~
석수세동도
아니고?
?
왜?
응..
그냥 원래
그래...

신기한 한글 숫자

아빠의 일기장 5

부모가 되고 나서 깨달은 것

"결혼을 하면, 여자친구가 집엘 안가."

결혼 전, 먼저 결혼한 선배에게 결혼생활에 대해 들은 농담이다.

결혼해 보니, 그 말이 맞았다. 여자친구인지, 아내인지 명확하게 구분되지 않는, 연애와 결혼이 섞인 그 어디쯤에서 어느 날 소이가 찾아왔다.

소이가 태어나니 모든 것이 변했다. 분명 얼마 전까지 여자친구 같았던 아내는 엄마가 되었고, 철없는 남자친구 같던 나는 아빠가 되었다. 우리는 이 작고 여린 생명을 밤낮으로 돌봐야만 했다. 먹는 것, 싸는 것, 잠자는 것, 씻는 것, 어느 하나 쉬운 게 없었다.

잠든 아이와 아내를 번갈아 바라보며 문득 그런 생각이 들었다.

'아, 이제 가족이 되었구나.'

요즘에는 아이 없이 지내는 부부도 많지만, 개인적으론 아이가 태어남으로써 찾아오는 인생의 새로운 국면을 경험해보는 것도 좋다고 생각한다. 물론 거기에는 필연적으로 책임과 의무가 뒤따르지만, 아이가 주는 행복은 돌이켜 생각해 보면 그 책임과 의무 따위가 어떻든 상관없을 정도로 큰 것 같다.

부모가 된다는 것, 그 무거움을 아이가 주는 행복으로 오늘도 덜어낸다.

06

에필로그

기록의 의미

어제 자는데··
소이가 내려와서
으윽
그랬지?
기억나??
··아니~
아, 아빠!
그거 책으로
남겨놓자!
안잊어버리게!

그림은 아빠가 그리고!

아빠가 되는 과정

아기가 태어나서 아빠가 된 게 아니라
육아를 통해 아빠가 되어간다
오늘도 너와 함께
아빠가 되어간다

더 좋은 아빠가 되고 싶어

어느 날 갑자기

가끔 너무 신기하다
아빠~
아빠!
나를 닮은 아이가 웃고 울고
아빠라고 부른다
아빠~
사랑해요 -
나는 아직 철없던 예전 그대로인 것 같은데
내가 아빠라니..
아빠도
정말 사랑해
꼬옥

정신 차려보니 아빠가 되어있었다.

아빠의 일기장 6

아빠도 아빠가 처음이라

부모가 된다는 건 무엇일까.

아이가 태어났을 때부터 모든 순간이 다 처음 겪은 일들의 연속이다. 앞으로도 소이가 학교에 가고, 사춘기가 되고, 사랑에 빠지는 모든 순간순간을 옆에서 지켜보며, 응원해 주고 힘이 되어줘야 하는 그 모든 순간이 다 처음 겪는 일들일 거다.

드라마 〈응답하라 1988〉에서 인상 깊었던 대사가 있다.

"아빠 엄마가 미안하다… 잘 몰라서 그래. 첫째 딸은 어떻게 가르치고, 둘째는 어떻게 키우고, 막둥이는 어떻게 사람 맹글어야 될 줄 몰라서. 이 아빠도 태어날 때부터 아빠가 아니자네… 아빠도 아빠가 처음잉께… 긍께 우리 딸이 쪼까 봐줘."

그러니까 소이야, 혹시 아빠가 가끔 잘못해도 좀 봐주라. 사랑한다.

아이와 함께 자라는 아빠의 실전 육아일기

철은 없지만 아이는 있습니다

1판 1쇄 펴낸날 2021년 12월 17일

지은이 김병관

책만듦이 김미정 책꾸밈이 이민현·홍규선

펴낸곳 띠움 펴낸이 서채윤
신고 2016년 5월 3일(제2016-35호)
주소 서울시 광진구 자양로 214, 2층(구의동)
대표전화 1811.1488 팩스 02.6442.9442
E-mail book@chaeryun.com Homepage www.chaeryun.com

책값은 뒤표지에 있습니다.
ISBN 979-11-958712-6-1 03810